LE TRIOMPHE DE LA RÉPUBLIQUE

FÊTE D'INAUGURATION

DE CE MONUMENT, ÉRIGÉ PLACE DE LA NATION

LE DIMANCHE 19 NOVEMBRE 1899

Union Photog[que] franç[se]

Union photog.que franç.se

RÉPUBLIQUE FRANÇAISE

LIBERTÉ, ÉGALITÉ, FRATERNITÉ

CONSEIL MUNICIPAL DE PARIS

LE TRIOMPHE DE LA RÉPUBLIQUE

FÊTE D'INAUGURATION

DE CE MONUMENT, ÉRIGÉ PLACE DE LA NATION

COMPTE RENDU OFFICIEL

PARIS

IMPRIMERIE NATIONALE

MDCCCC

BUREAU

DU

CONSEIL MUNICIPAL DE PARIS.

(ÉLU LORS DE LA 1re SESSION ORDINAIRE, LE 1er MARS 1899.)

PRÉSIDENT.

M. Louis LUCIPIA.

VICE-PRÉSIDENTS.

MM. John LABUSQUIÈRE.
Adrien VEBER.

SECRÉTAIRES.

MM. DESPLAS.
Paul VIVIEN.
LE GRANDAIS.
Arthur ROZIER.

SYNDIC.

M. Léopold BELLAN.

ADMINISTRATION DE LA VILLE DE PARIS

ET

DU DÉPARTEMENT DE LA SEINE.

PRÉFET DE LA SEINE : M. DE SELVES.

Secrétaire général de la Préfecture de la Seine : M. BRUMAN.

PRÉFET DE POLICE : M. LÉPINE.

Secrétaire général de la Préfecture de Police : M. LAURENT.

SERVICES ADMINISTRATIFS.

Directeur des Finances : M. FICHET.
— de l'Enseignement primaire : M. BEDOREZ.
— de l'Assistance publique : M. NAPIAS.
— de l'Octroi : M. DELCAMP.
— du Mont-de-Piété : M. DUVAL.
— des Affaires municipales : M. MENANT.
— des Affaires départementales : M. LE ROUX.
— des Travaux : M. DEFRANCE.
— des Services d'architecture et des promenades : M. BOUVARD.
— du Personnel : M. QUENNEC.
— du Cabinet : M. HYÉRARD.

SERVICES TECHNIQUES.

Directeur des Eaux et de l'assainissement : M. BECHMAN.
— de la Voie publique : M. BOREUX.

SECRÉTARIAT DES CONSEILS MUNICIPAL ET GÉNÉRAL.

Chef de Service : M. F.-X. PAOLETTI.

COMPTE RENDU OFFICIEL DES FÊTES

DE L'INAUGURATION DU MONUMENT

DU

TRIOMPHE DE LA RÉPUBLIQUE.

I

En 1879, le Conseil municipal ouvrit un concours pour ériger une statue monumentale de la République sur l'ancienne place du Château-d'Eau, considérablement agrandie et devenue place de la République.

Parmi les projets envoyés à ce concours, celui du statuaire Dalou attira l'attention des artistes et du Jury par ses remarquables qualités; mais comme il ne répondait ni aux prescriptions du programme donné ni aux exigences de l'emplacement désigné, il dut, en dépit de son aspect décoratif et de sa haute valeur artistique, être alors écarté.

Toutefois, le 29 juin 1880, le Conseil municipal, ratifiant le vœu émis par le Jury du concours de 1879, décida qu'il y avait lieu de commander à M. Dalou le modèle définitif de son projet de monument et de l'exécuter en bronze pour décorer le bassin central à établir place du Trône, qui devait prendre le nom de place de la Nation.

Voici le texte de cette délibération, dont M. Ulysse Parent fut le rapporteur :

Le Conseil,

Vu le mémoire, en date du 8 décembre 1879, par lequel M. le Sénateur, Préfet de la Seine, 1° expose que le jury chargé de classer les esquisses mises au concours pour l'érection d'une statue monumentale de la République, a émis le vœu que le groupe de M. Dalou fût acquis par la Ville de Paris pour la décoration d'une place publique ou d'un square; 2° lui soumet les plans de quatre emplacements sur lesquels ce groupe pourrait être établi;

Vu le rapport du Directeur des Travaux de Paris, évaluant la dépense d'acquisition à la somme de 210,000 francs, savoir : 70,000 francs pour la sculpture et 140,000 francs pour les frais de fonte, ensemble les plans desdits emplacements projetés;

Vu le devis du prix de la sculpture fourni par M. Dalou et qui s'élève en dépense à la somme de 70,000 francs ainsi décomposée :

Modèle de cinq figures	40,000 francs.
— de cinq enfants	15,000
— de deux lions	6,000
— de char et ornements	9,000
Total égal	70,000

Délibère :

La Ville de Paris fait acquisition, pour la somme de 70,000 francs, du groupe de M. Jules Dalou, dont l'esquisse a figuré à l'Exposition du concours d'une statue monumentale de la République.

Ce groupe sera fondu en bronze, les figures principales mesurant 4 mètres de hauteur, sauf modification qui serait apportée à ces proportions si l'expérience le commandait.

Une somme de 140,000 francs sera affectée à la fonte, qui sera surveillée par M. Dalou. Il choisira le fondeur et s'entendra avec lui pour tous les détails relatifs à l'exécution du bronze.

Pour faire face à la dépense totale de 210,000 francs nécessitée par le prix du modèle, soit 70,000 francs, et celui de la fonte, soit 140,000 francs, il sera prélevé annuellement une somme de 50,000 francs au chapitre des Beaux-Arts, sur les budgets de 1880, 1881, 1882, 1883 et 1884.

Le reliquat de ces sommes, soit 40,000 francs, sera applicable à la construction du piédestal, au transport et à la mise en place.

Le groupe de M. Dalou sera érigé au centre de la place du Trône; la face du monument sera tournée dans la direction du faubourg Saint-Antoine.

La place du Trône sera dénommée dès lors : Place de la Nation.

L'ensemble de ce groupe monumental comprend un char triomphal traîné par deux lions que guide le Génie de la Liberté, un flambeau symbolique à la main.

Debout sur la boule du monde qui forme la partie supérieure du char, la figure de la République s'appuie de la main droite sur le faisceau de la Loi et fait de l'autre un geste d'accueillante protection.

A droite et à gauche du char, deux figures, accompagnées chacune d'un enfant, symbolisent l'une le Travail, l'autre la Justice. Le Travail est représenté par un ouvrier au torse nu, le marteau de forgeron sur l'épaule et le tablier de cuir à la ceinture. La Justice a la forme d'une femme noblement drapée et tenant dans ses bras le sceptre de la puissance.

Derrière le char du triomphe, que le Travail et la Justice poussent, s'avance la Paix, personnifiée par une femme portant les attributs de l'abondance et semant des fleurs sur son passage. Trois génies groupés à ses pieds soutiennent une corne d'abondance d'où s'échappent des fruits.

L'artiste se mit aussitôt à exécuter, à leur grandeur définitive, les diverses parties de ce groupe et adopta la hauteur de 4 m. 30

pour la figure principale, au lieu de 6 mètres prévus primitivement. Après bien des essais, il vint à bout de toutes les difficultés d'une entreprise aussi considérable et aussi complexe, et une délibération du 20 avril 1887 confia, sur sa demande, l'exécution du modèle ainsi parachevé, à M. Bingen, fondeur, qui s'était fait une spécialité de reproductions artistiques par le procédé de la fonte à cire perdue. Le fondeur devait recevoir 230,000 francs pour l'exécution de ce groupe.

Malheureusement, après un certain temps passé en essais, ce procédé, qui avait, pour des œuvres de petit format, permis de réaliser des bronzes remarquables, ne donna pas les résultats que l'artiste et la Ville en espéraient, et la fonte, qui devait être achevée en 1889, était loin d'être terminée en 1894. Sur la demande du service des Beaux-Arts, une Commission fut chargée de proposer les mesures nécessaires pour assurer l'achèvement du monument, dont le modèle avait été mis en place en 1889.

Les propositions de la Commission furent qu'il fallait résilier le marché passé en vue de la fonte à cire perdue et confier l'exécution de ce travail à la maison Thiébaut frères, après que le statuaire aurait remis en état les parties non encore fondues de ses groupes.

Ces propositions, que le Préfet de la Seine soumit au Conseil municipal, furent acceptées par la délibération suivante, votée sur le rapport de M. Hattat, le 29 décembre 1895 :

Le Conseil,

Vu sa délibération en date du 20 avril 1887, par laquelle il a confié à M. Bingen, fondeur, la reproduction en bronze, par le procédé dit «à la cire perdue », du monument de la place de la Nation, exécuté par M. Dalou, et ce, dans la limite d'une somme de 250,000 francs;

Vu la soumission présentée à la date du 8 mai 1887 par M. Bingen, en vue de l'exécution dudit travail, conformément aux termes de la délibération susvisée;

Vu la délibération du 13 juillet 1894, chargeant une Commission spéciale d'étudier les mesures à prendre pour assurer l'achèvement dudit monument, et prélevant sur l'ensemble du crédit de 250,000 francs une somme de 10,000 francs pour transport et moulage des modèles au magasin d'Auteuil;

Vu le mémoire, en date du 16 décembre 1895, par lequel M. le Préfet de la Seine, après avoir fait connaître les mesures prises, à cet effet, d'accord avec ladite Commission, propose :

1° De résilier le marché passé avec M. Bingen conformément à la soumission du 8 mai susvisée, et ce, moyennant une soulte de 8,000 francs à payer à M. Bingen;

2° De confier à la maison Thiébaut frères, indiquée par M. Dalou, et moyennant le prix de 198,000 francs, la fonte en bronze dit Keller, et par les procédés ordinaires, des parties non encore fondues du monument « le Triomphe de la République », ainsi que sa mise en place;

Vu le devis fourni par MM. Thiébaut frères, fondeurs, demeurant à Paris, 32, rue Guersant;

Sur le rapport de sa 4e Commission,

Délibère :

Article premier. Est résilié, moyennant le payement à M. Bingen d'une soulte de 8,000 francs, le marché passé entre celui-ci et la Ville de Paris pour la fonte à la cire perdue du monument de M. Dalou « le Triomphe de la République ».

Art. 2. Il y a lieu de confier :

1° A MM. Thiébaut frères, fondeurs, l'achèvement de la fonte, par les procédés ordinaires, en bronze dit Keller, et dans les conditions stipulées au devis susvisé, des modèles non encore fondus du monument de la place de la Nation «le Triomphe de la République», moyennant, y compris la mise en place dudit monument, la somme de 198,000 francs.

2° A M. Dalou, statuaire, la réfection des modèles détériorés du monument dont il s'agit, moyennant le prix à forfait de 10,000 francs.

Art. 3. Il y a lieu également de réserver, pour dépenses imprévues, une somme de 8,100 francs.

Ensemble, 224,100 francs.

Art. 4. La dépense (soit 224,100 francs) sera imputée jusqu'à concurrence de 179,100 francs sur le reliquat d'égale somme du crédit de 189,100 francs affectée à cette opération et inscrit au chapitre 54, § 13, art. 37, 1°, du budget de l'exercice 1895, 179,100 francs;

Et pour le surplus (soit 45,000 francs) :

1° Sur le crédit de 1,150 francs inscrit au chapitre 54, § 13, art. 37, 2°, du budget de l'exercice 1895 pour le déplacement de la statue de Broca, crédit devenu disponible par suite du maintien de ladite statue sur son emplacement actuel, avec rattachement au chapitre 54, § 13, art. 37, 1°, 1,150 francs;

2° Sur le crédit de 6,549 francs inscrit pour travaux de décoration des édifices municipaux au chapitre 54, § 13, art. 37, 35°, du budget de l'exercice 1895, avec rattachement au chapitre 54, § 13, art. 37, 1°, 6,549 francs;

3° Sur le crédit ordinaire des beaux-arts inscrit au chapitre 13, art. 37, 1°, du budget de l'exercice 1895, pour une somme de 18,654 francs, avec rattachement au sous-détail 28° du même article;

4° Sur le crédit de même nature à ouvrir au budget de 1896, et pour une somme de 8,647 francs;

5° Sur le crédit de même nature à ouvrir au budget de 1897, et pour une somme de 10,000 francs;

Total égal : 45,000 francs.

II

Après une réfection par l'artiste des parties de ses figures qu'un long séjour chez le premier fondeur avait endommagées, elles furent exécutées en bronze par la maison Thiébaut frères, et le monument fut enfin totalement achevé au mois de septembre 1899.

Les événements politiques firent alors naître la pensée, parmi les membres de la majorité républicaine du Conseil municipal, de donner à l'inauguration du monument une solennité toute particulière, et dans une séance du Comité du budget et du contrôle du mardi 10 octobre 1899, le Bureau de l'assemblée communale exposa le projet suivant :

M. Bellan, *syndic.* — Le projet de la fête donnée à l'occasion de l'inauguration du monument du « Triomphe de la République », tel qu'il a été adopté par le Bureau du Conseil municipal, se diviserait en quatre parties :

1re partie. — La partie officielle à la place de la Nation.

2e partie. — Fête populaire, le soir, reliant la place de la Nation à l'Hôtel de Ville au moyen d'illuminations, en passant par le faubourg Saint-Antoine et la rue de Rivoli.

3e partie. — Banquet à l'Hôtel de Ville auquel seraient invités les maires des communes de France.

4e partie. — Concert et bal à l'Hôtel de Ville, à l'issue du banquet.

Le crédit nécessaire pour exécuter ce programme s'élèverait à 80,000 fr.

10,000 francs seraient affectés à la fête officielle du jour.

30,000 francs aux illuminations et au pavoisement des voies parcourues par le cortège.

Le Bureau du Conseil municipal propose, en effet, d'organiser un cortège qui se formerait place de l'Hôtel-de-Ville pour se rendre place de la Nation.

Si toutefois l'état des travaux du Métropolitain ne le permettait pas, le cortège se formerait place de la Bastille, d'où il se rendrait place de la Nation. Dans un cas comme dans l'autre, les voies parcourues par le cortège seraient pavoisées le jour et illuminées le soir.

D'un autre côté, le Bureau du Conseil désire associer à cette fête dans la plus large mesure les syndicats ouvriers.

L'estrade qui serait élevée devant le monument pourrait contenir mille deux cents places, dont six cents seraient offertes aux délégués des syndicats professionnels.

Si ces organisations veulent s'associer à la fête d'une façon plus large, il leur serait donné des instructions pour qu'elles puissent se grouper, prendre place dans le cortège et se tenir prêtes à défiler devant le monument à la fin de la cérémonie.

Les syndicats, précédés d'un fanion et encadrés de musiques civiles, défileraient entre la tribune officielle et le monument du Triomphe de la République.

Le cortège descendrait ensuite le faubourg Saint-Antoine et viendrait se disloquer à la place de la Bastille.

Le soir, la Bourse du travail serait illuminée.

Voilà, Messieurs, dans ses grandes lignes, le programme que le Bureau du Conseil municipal m'a chargé de soumettre à votre approbation.

Dans cette même séance, M. John Labusquière, premier vice-président du Conseil municipal et rapporteur général du budget, précisait, dans les termes suivants, le caractère politique que l'on entendait donner à cette cérémonie :

M. John Labusquière, *rapporteur général.* — Messieurs, je viens indiquer au Comité comment ce qui devait être une simple inauguration d'un très beau monument est devenu dans notre esprit une fête spéciale, d'un caractère plus grandiose.

La date primitivement choisie était le 22 septembre. On voulait donner à cette inauguration une signification politique en lui assurant plus d'ampleur que dans les circonstances analogues, sans cependant sortir beaucoup des errements habituels.

Les événements politiques qui sont survenus ont créé un courant d'opinion qui s'est fait jour par les manifestations du Convent maçonnique où étaient réunis les délégués de toute la France et de nombreux groupes politiques de Paris et de la province, et, en particulier, par la manifestation très caractéristique des syndicats ouvriers de la Bourse du travail.

Les syndicats ouvriers se sont émus des bruits de tentatives qui avaient pour but de les détourner de l'idée républicaine et de les enrôler dans le complot dont la Haute Cour est en ce moment saisie.

En présence de cette situation, le Bureau du Conseil a considéré qu'il devait étudier la question à un nouveau point de vue. La cérémonie n'est plus aujourd'hui une inauguration ordinaire, c'est une manifestation républicaine comprenant toutes les fractions du parti républicain groupées autour de la République.

C'est en partant de ce principe que votre Bureau a modifié le programme primitif.

On a pensé, bien que la fête fût localisée à Paris, que la manifestation républicaine devait revêtir un caractère national et que la France devait y être représentée par des délégations.

Quelles pouvaient être ces délégations? Nous ne pouvions inviter les 36,000 communes de France, sous peine d'avoir peut-être à regretter un déchet de 20,000 adhésions et de permettre de dire que c'était une minorité qui avait fêté le triomphe de la République.....

Après avoir expliqué que, contrairement à l'opinion de M. Colly, le crédit demandé semblait suffisant au Bureau du Conseil municipal, M. John Labusquière terminait en ces termes :

Si on invitait des délégués de toutes les communes de France, où les recevrait-on ?

Que M. Colly nous indique un local convenable qui puisse contenir 30,000 personnes. La galerie des Machines n'est pas libre en ce moment.

J'estime que, s'il y a un lieu où la ville de Paris doit recevoir ses invités, c'est à l'Hôtel de Ville. Nous avons dû tenir grand compte des questions de crédit, d'emplacement.

Nous ne voulons cependant pas que la fête soit localisée à Paris : nous demanderons donc aux villes de province de se fédérer avec nous et d'organiser, le même jour, des fêtes républicaines de protestation contre la réaction.

Il faut que la réaction sache bien qu'elle a en face d'elle une armée prête à manifester son amour pour la République et à la défendre. (*Très bien! Très bien!*)

Enfin, le Bureau du Conseil municipal, dans le but de bien préciser la signification de la manifestation à laquelle il conviait la population, fit afficher dans Paris l'appel suivant :

Citoyens,

En transformant l'inauguration du monument conçu par le grand sculpteur Dalou pour symboliser « le Triomphe de la République » en une manifestation populaire, vous voulez montrer que les républicains sont en éveil et qu'ils savent s'unir lorsque, par ruse ou par violence, des criminels veulent porter atteinte à la liberté.

Vous l'avez proclamé, vous, les travailleurs, en vous associant spontanément à cet avertissement significatif.

Les réacteurs coalisés, monarchistes, cléricaux, césariens ou plébiscitaires comprendront que les républicains ne veulent pas se laisser arracher ce qui leur a coûté tant d'efforts, de sacrifices, de sang précieux, celui des meilleurs de leurs enfants.

Cette fête civique, à laquelle vous conserverez jusqu'au bout le calme et la majesté qui lui conviennent, sera un enseignement salutaire pour ceux qui pourraient être tentés de mettre la main sur la République.

Elle seule peut assurer l'essor du progrès humain.

Vive la République!

Le Bureau du Conseil municipal :

Louis Lucipia, président; John Labusquière, Adrien Veber, vice-présidents; Desplas, Paul Vivien, Le Grandais, Arthur Rozier, secrétaires; Léopold Bellan, syndic.

III

L'inauguration du monument de Dalou eut lieu, d'après le programme arrêté par le Bureau du Conseil municipal, le dimanche 19 novembre 1899, en présence de M. Émile Loubet, Président de la République; de M. Fallières, président du Sénat; de M. Paul Deschanel, président de la Chambre des Députés; des Ministres et d'un grand nombre de membres du Parlement, à une heure après midi.

Cette fête fut favorisée par un beau soleil d'automne, et un concours considérable de monde la transforma en une imposante manifestation démocratique en faveur de la République.

Dès le matin, l'affluence des curieux se portait à la place de la Nation par le boulevard Voltaire et la rue du Faubourg-Saint-Antoine. Aux fenêtres des maisons de la rue de Rivoli, de la rue Saint-Antoine et de la rue du Faubourg-Saint-Antoine, que doit suivre le cortège officiel, flottent de nombreux drapeaux tricolores.

Autour de l'œuvre de Dalou, des guirlandes de feuillage, de fleurs et des festons de lampes électriques forment une décoration brillante qui s'étend jusqu'aux colonnes de l'ancienne barrière du Trône.

Une estrade, destinée aux personnages officiels et aux invités de la Municipalité de Paris, a été élevée à droite du monument et garnie de fauteuils et de banquettes.

Tous les corps de métiers et toutes les organisations syndicales, ainsi que la plupart des organisations politiques, ont tenu à s'associer à cette grandiose manifestation républicaine.

Dès 11 heures, les diverses associations corporatives ou les délégations, avec beaucoup d'ordre et de discipline, viennent se ranger, avenue de Saint-Mandé, avenue de Vincennes, boulevard Diderot, boulevard Voltaire et rue du Faubourg-Saint-Antoine, aux places qui leur avaient été assignées par M. Bouvard, commissaire général des Fêtes, et qui étaient indiquées par des inscriptions apposées sur des poteaux.

Les ouvriers, en habit de fête, ont à la boutonnière des fleurs et des rubans rouges. Une chambre syndicale, précédée de son emblème, est en quelque sorte commandée par une petite fille, assise sur les épaules d'un solide gaillard. La fillette blonde, habillée de rouge et coiffée du bonnet phrygien, paraît radieuse de son rôle.

A mesure qu'on approche du moment de l'inauguration, la foule devient de plus en plus dense et la tribune se garnit d'invités. Toutes les troupes sont à leur poste.

La cérémonie avait été fixée à une heure.

A midi, se réunirent, à l'Hôtel de Ville, les conseillers municipaux de Paris, les membres du Conseil général de la Seine, les députés et sénateurs du département, les maires et les adjoints des arrondissements de Paris et un grand nombre de maires des grandes villes de province.

Vers midi un quart, le cortège officiel se forme sur la place de l'Hôtel-de-Ville.

M. Louis Lucipia, président; MM. John Labusquière et Adrien Veber, vice-présidents; MM. Desplas, Paul Vivien, Le Grandais et Arthur Rozier, secrétaires, et M. Léopold Bellan, syndic, prennent la tête, précédés des huissiers du Conseil municipal, et le cortège se dirige, par la rue de Rivoli, la rue Saint-Antoine, la place de la Bastille et la rue du Faubourg-Saint-Antoine, vers la place de la Nation.

Un officier général russe en retraite, président de la Société «Les Criméens», demande et obtient l'autorisation de se joindre au cortège; il est en uniforme.

Des gardes des promenades et des huissiers de l'Hôtel de Ville encadrent et accompagnent les membres du Conseil municipal et ses invités.

Le Président de la République a quitté le palais de l'Élysée à midi trois quarts, pour gagner la place de la Nation. Il avait pris place dans un landau découvert en compagnie de M. Waldeck-Rousseau, président du Conseil, Ministre de l'Intérieur et des Cultes; du général Bailloud, secrétaire général de la Présidence, et de M. Ulrich, chef de cabinet du président du Conseil.

Dans un second landau suivaient M. Georges Leygues, Ministre de l'Instruction publique; M. Pierre Baudin, Ministre des Travaux publics, et M. Combarieu, directeur du cabinet civil de la Présidence de la République.

Enfin, une troisième voiture était occupée par M. Decrais, Ministre des Colonies; par M. Millerand, Ministre du Commerce et de l'Industrie, et par un officier de la maison militaire du Président de la République.

Ces trois landaus étaient escortés par un escadron de cuirassiers.

Un second cortège, escorté par des dragons, était formé par des voitures fermées dans lesquelles avaient pris place les vice-présidents du Sénat, M. Paul Deschanel, président de la Chambre des Députés, et les membres des Bureaux des deux Chambres.

L'itinéraire suivi par le cortège présidentiel a été la rue du Faubourg-Saint-Honoré, la rue Royale, les grands boulevards, la place de la République, l'avenue de la République et le boulevard de Ménilmontant.

Quand les cuirassiers qui précèdent le Président de la République apparaissent, à une heure, sur la place de la Nation, où s'est massée une foule énorme et où toutes les maisons sont pavoisées et garnies de spectateurs, d'immenses clameurs s'élèvent et c'est au milieu des cris de : « Vive la République! Vive Loubet! Vive la Nation! Vive la Sociale! » que les personnages officiels mettent pied à terre et gagnent leur place dans la tribune officielle où des fauteuils leur avaient été réservés au premier rang.

En descendant de voiture, le Président de la République fut reçu par M. Louis Lucipia, président, par ses collègues du Bureau du Conseil municipal de Paris et du Conseil général de la Seine, par le Préfet de la Seine et par le Préfet de police.

Quand les personnages officiels eurent pris place, la cérémonie commença.

Elle était présidée par M. Loubet, Président de la République, qui avait à sa droite : MM. Louis Lucipia, président du Conseil municipal de Paris; de Verninac, vice-président du Sénat, remplaçant M. Fallières, président, empêché; John Labusquière, vice-président du Conseil municipal; Pierre Baudin, Ministre des Travaux publics; Millerand, Ministre du Commerce; Desplas et Rozier, secrétaires; Bellan, syndic du Conseil municipal.

M. Loubet avait à sa gauche : MM. de Selves, préfet de la Seine; Paul Deschanel, président de la Chambre des Députés; Waldeck-Rousseau, président du Conseil des Ministres, Ministre de l'Intérieur; Adrien Veber, vice-président du Conseil municipal; Georges Leygues, Ministre de l'Instruction publique et des Beaux-Arts; le docteur Piettre, président du Conseil général de la Seine; Decrais, Ministre des Colonies; Paul Vivien et Le Grandais, secrétaires du Conseil municipal; Bruman, secrétaire général de la Préfecture de la Seine.

Assistaient, en outre, à la cérémonie un très grand nombre de membres du Conseil municipal de Paris et du Conseil général de la Seine, les membres des Bureaux du Sénat et de la Chambre des Députés, la plupart des sénateurs et des députés républicains de la Seine et beaucoup de leurs collègues des départements appartenant aux divers groupes républicains du Parlement, un grand nombre de maires des principales villes de France spécialement invités par la Municipalité de Paris, les maires d'arrondissement de Paris et les maires des communes du département de la Seine,

les délégués des syndicats professionnels ouvriers et patronaux et des Bourses du travail de Paris et des départements, les directeurs et principaux chefs de service des deux Préfectures.

DISCOURS DE M. LOUIS LUCIPIA,

PRÉSIDENT DU CONSEIL MUNICIPAL.

Après l'exécution de la *Marseillaise* et de l'*Hymne à la République* de Marie-Joseph Chénier et Martini, M. Louis Lucipia, président du Conseil municipal, a prononcé le discours suivant :

MONSIEUR LE PRÉSIDENT DE LA RÉPUBLIQUE,

Vous ne me pardonneriez pas si je vous remerciais d'être venu vous associer à la fête de la République que célèbre le peuple de Paris et, avec lui, comme au temps de la grande Révolution, les municipalités et les organisations ouvrières des départements.

Votre présence confirme simplement, d'une manière digne de vous, les engagements que vous avez pris lorsque les représentants de la Nation vous ont appelé à la première magistrature de ce pays.

Républicain, vous êtes venu ici prendre part à la joie populaire. Républicain, vous y viendriez aussi, nous en sommes convaincus, afin de repousser les factieux (*C'est cela! Cris de : Vive la République!*), si, descendus dans la rue, ils avaient l'audace de faire appel à la force pour détruire nos institutions démocratiques.

MESSIEURS LES MINISTRES,

La présence de la foule qui est là, composée de républicains unis dans une pensée commune de défense, vous serait, s'il en était besoin, un précieux encouragement à continuer la besogne courageusement entreprise par vous. Le peuple sait toujours gré de l'effort, même lorsque le but n'a pu être atteint. Cette fois, d'ailleurs, il peut l'être, car nos adversaires paraissent commencer à comprendre que le danger n'effraie pas ceux qui ont au cœur un amour sincère de la liberté (*Applaudissements*), et que, lorsque la réaction cléricale aux multiples aspects devient menaçante, tous les citoyens dignes de ce nom sont prêts à barrer la route au flot qui monte. (*Vifs applaudissements.*)

Messieurs,

L'inauguration à laquelle nous assistons a perdu le caractère ordinaire de ces solennités. Par un accord spontané entre la Municipalité de Paris et tous ceux qui ont demandé à s'associer à elle, cette inauguration est devenue l'occasion d'une grande manifestation, encourageante pour les uns, salutairement instructive pour les autres. (*Très bien! Très bien! Vifs applaudissements.*)

Tout s'y prêtait, du reste, les événements actuels, l'œuvre du sculpteur et jusqu'au lieu où nous nous trouvons.

Ne sommes-nous pas, en effet, sur cette place de la Nation qui, après avoir porté le nom de la place du Trône en l'honneur du plus absolu des rois, s'est appelée la place du Trône renversé, en mémoire de la victoire du peuple devenu son maître? (*Bravos.*)

Ne sommes-nous pas en haut de ce faubourg Saint-Antoine qui a toujours compté parmi les plus vaillants, les plus fermes défenseurs de la République?

On a dit avec raison que la République, enregistrée par la Convention le 21 septembre, était née le 10 août 1792. Le jour de sa naissance, qui trouvons-nous aux Tuileries, exposés les premiers aux balles des soldats royaux? Nous trouvons les patriotes du faubourg Saint-Antoine avec ceux du faubourg Saint-Marceau et les fédérés venus de tous les côtés de la France, de Marseille et de Brest, fêter la liberté le 14 juillet, mais qui n'avaient pas voulu quitter Paris sans avoir aidé à sauver la France menacée au dedans et au dehors par l'étranger et leurs alliés les émigrés. (*Applaudissements. Bravo! Bravo!*)

D'ici, en regardant dans le faubourg, on pourrait voir la place où tomba le représentant du peuple Baudin, qui voulut être tué pour montrer comment un républicain sait rester fidèle à ses convictions, à son mandat. (*Mouvement.*)

Que signifie le magnifique monument — le plus beau de ce siècle — que nous inaugurons?

Qu'a voulu dire l'artiste qui l'a conçu et lui a donné sa forme définitive?

Son ardent amour de la République est trop connu — il l'a prouvé par des œuvres et par des actes — pour que je puisse craindre d'être accusé de trahison en traduisant sa pensée. D'ailleurs, j'ai entendu ce qu'on répète partout.

Dalou a voulu dire que le triomphe de la République assurera la glorification éclatante du travail, qui n'est pas un châtiment, comme l'enseignent certaines philosophies atrophiantes.

Les travailleurs qui sont là, escortant le char de la République, disent que le travail sera attrayant, fécondant, lorsque chacun aura la certitude de recevoir, sans contestation, la part qui lui est équitablement due. (*Applaudissements. Cris de : Vive la République !*)

Ne fallait-il pas, lorsque les ennemis de la République, jetant bas les masques, faisaient appel à un roi ou à un césar du cadre de disponibilité, venir dire que le peuple n'a oublié ni les 18 brumaire, ni les 2 décembre dont on le menace?

Ne fallait-il pas venir affirmer que tous les républicains, quelle que soit la conception d'organisation sociale, sont unanimement d'accord sur ce point que la République est l'instrument unique, indispensable de tout progrès?

Si la République était assassinée, que deviendrait le droit? Si la République sombrait, l'égalité pourrait-elle surnager? Et vous venez de l'entendre :

Les humains ne sont grands que par l'égalité.

Si la République était engloutie, avec elle serait entraînée la solidarité qui doit sauver le monde.

Nos ennemis le savent bien. « Tout plutôt que la République », disent-ils. Aussi voyons-nous se ruer à l'assaut, pêle-mêle, ceux qui réclament un roi, ceux qui cherchent un empereur et aussi ceux qui voudraient faire choir la France dans une sorte de césarisme honteux. (*Bravos répétés. Nouveaux cris de : Vive la République! A bas Déroulède!*)

A ces coalisés, toutes les armes sont bonnes : la corruption, l'hypocrisie, la violence et surtout la calomnie, cette arme qui, heureusement, finit par blesser ceux qui s'en servent.

On a osé prétendre que les républicains insultent l'armée et, avec cette calomnie insidieusement répandue, on a cherché à jeter le trouble dans les esprits. On a voulu faire croire que l'idée de patrie disparaissait.

Est-ce que les soldats ne sont pas les enfants du peuple? Comment le peuple détesterait-il ses propres enfants?

Qui donc mieux que les républicains sait honorer la mémoire des Hoche, des Kellermann, des Marceau, des Desaix, des Kléber et de tous ces généraux qui, ennemis de la guerre, quand elle ne procure que la gloire peu enviable des coups donnés ou reçus, n'ont jamais oublié qu'en défendant le sol de la Patrie ils faisaient avant tout acte de bons citoyens? (*Très bien!*)

Est-ce que la victoire de Valmy ne brille pas d'un pur éclat dans les fastes républicaines?

Si le patriotisme disparaissait du reste de la terre, c'est dans le cœur des républicains qu'on le retrouverait.

Oui, la République triomphe, mais faut-il se reposer, faut-il désarmer? Nous ferions grand plaisir à nos ennemis, car ils ne désarmeront pas, ils ne se reposeront pas. Ils comptent que nous les croirons anéantis et que nous prendrons pour la paix finale une suspension d'hostilités indépendante de leur volonté. Ils espèrent que nous avons oublié le sage avertissement d'Edgar Quinet : « Ce qui est rare, c'est de persévérer dans la première ardeur, de ne pas se laisser abattre par sa propre victoire. »

Le peuple, grâce précisément à la République, a beaucoup appris; il n'a rien oublié.

Il sait que le meilleur moyen « d'honorer la Révolution, c'est de la continuer ». Il ne faillira pas à sa tâche. Il n'épargnera rien pour conserver la République, « qui représente les conquêtes du passé » et donne la certitude de conquêtes futures, lumière éblouissante sur les ténèbres qui obscurcissent encore les contours du progrès social. (*Assentiment général.*)

Nous répéterons, si vous le voulez, le cri de triomphe de nos ancêtres, qui unissaient en un seul mot la Patrie et la République indissolublement liées dans leurs cœurs : « Vive la Nation! » (*Salve d'applaudissements. Cris de : Vive la République! Vive la Nation!*)

L'orchestre et les chœurs ont exécuté l'*Hymne pour une fête républicaine,* d'Arnault et Lesueur. Puis M. de Selves, préfet de la Seine, a prononcé le discours suivant :

DISCOURS DE M. DE SELVES, PRÉFET DE LA SEINE.

Monsieur le Président de la République,
Messieurs les Ministres,
Messieurs,

En 1879, le Conseil municipal de Paris avait ouvert un concours pour l'érection d'une statue monumentale de la République sur l'ancienne place du Château-d'Eau, devenue place de la République.

Notre illustre statuaire Dalou envoya un projet conçu dans des conditions toutes spéciales, et le Jury du concours estima qu'il ne répondait ni aux prescriptions du programme, ni aux exigences de l'emplacement désigné.

Mais, en même temps, le Jury était profondément impressionné par le haut mérite de l'œuvre qui lui était soumise : ses éminentes qualités artistiques, son grand aspect décoratif, la pensée si puissante et si élevée qui avait inspiré le maître, provoquaient son admiration et signala l'œuvre au Préfet et au Conseil municipal.

Les élus de Paris, rendant à leur tour un juste hommage au grand art, en même temps qu'à la foi républicaine si noblement exprimée, décidèrent la commande du modèle définitif et son exécution en bronze pour la décoration du bassin central de la place de la Nation.

Telles sont, rapidement indiquées, les origines du monument que nous inaugurons.

Il est sous vos yeux, Messieurs, et je suis assuré que votre jugement ratifie déjà les jugements portés par le Jury et le Conseil municipal.

Deux lions, emblèmes de la puissance et de la force, marchent sous la conduite d'un génie qui tient un flambeau à la main.

Honneur à lui : c'est le génie de la Liberté!

Ils traînent un char et, debout sur ce char, élégante et digne, est une femme, idéale image de la République.

Elle ne menace personne et se borne sans ostentation, mais résolument, à s'appuyer sur le faisceau de la loi souveraine.

A droite et à gauche du char, deux figures, accompagnées chacune d'un enfant, symbolisent ces deux vertus nécessaires à toute société, plus indispensables peut-être à une société républicaine : le travail et la justice.

Enfin, derrière le char, semant des fleurs sur son passage, la Paix, fille des gouvernements libres, condition nécessaire à tous progrès sociaux vraiment durables et féconds.

Nobles pensées, foi de nos pères, quel plus éloquent interprète pouviez-vous rêver! Quelle forme plus belle qui dise mieux à tous la majesté de votre idéal souverain!

En nous inclinant devant le bronze qui vous fait vivre aux yeux de ce peuple, c'est vous surtout que nous saluons, car vous êtes, comme la République elle-même, filles de cette grande Révolution française aux sources de laquelle il faut toujours remonter pour trouver avec certitude l'inspiration de nos actes et les vraies règles de notre conduite; de cette Révolution, dont la vie entière de la France a préparé et fait comprendre le drame final.

Le XVIIIe siècle avait écrit notre *credo* moderne, ce fut la Révolution qui entreprit de l'appliquer avec le plus noble désintéressement.

Désintéressée, en effet, la Révolution le fut essentiellement.

C'est son côté sublime et son signe divin. Comme le dit un grand historien : « Brillant éclair au ciel. Le monde en tressaillit. »

Le 23 septembre 1793, la proclamation de la République couronnait son œuvre. Je ne saurais, Messieurs, la mieux définir qu'en redisant devant vous les paroles éloquentes qu'à son centenaire de 1892 faisait entendre M. Loubet, alors Président du Conseil et Ministre de l'Intérieur :

« Nos grands ancêtres de la Convention, disait-il, ont couronné l'œuvre de la Révolution et gravé dans les institutions de notre pays l'égalité des citoyens devant la loi, des enfants devant l'héritage, l'abolition des privilèges, le droit pour tous les Français d'accéder aux emplois publics et aux grades dans l'armée, la liberté du travail, l'équitable répartition de l'impôt librement consenti, l'indépendance de la pensée, la liberté des opinions religieuses et la souveraineté de la Nation d'où émane toute autorité légitime. »

Oui, Monsieur le Président de la République, tous ces principes ont été désormais si profondément gravés dans l'âme de la Nation, en ont tellement constitué la moelle, que les gouvernements qui se sont, à des époques diverses, substitués à la République, ont été obligés de les proclamer et ont dû chercher, pour vivre, à donner l'illusion qu'ils y étaient fidèles. (*Applaudissements.*)

Amère illusion destinée à masquer la méconnaissance même dont ces principes étaient l'objet! Aussi la France, mûrie par des étapes douloureuses dans lesquelles avait été brisé ce flambeau de la liberté, dont l'étincelante lumière doit rayonner sur la marche des gouvernements qu'elle éclaire, s'est-elle résolument et définitivement placée sous l'égide de la République qu'en 1792 proclamaient nos pères de la Révolution.

Elle a compris enfin que sous cette forme de gouvernement pouvaient seulement porter tous leurs fruits les principes dont elle se réclamait.

Contre ce sentiment inébranlablement ancré se viennent et se viendront désormais briser comme une lame impuissante les vains espoirs d'une royauté morte et les essais d'un honteux césarisme. (*Bravo! Applaudissements.*)

Messieurs,

Pour qu'il en soit ainsi, nous n'avons en effet qu'à vouloir.

Tenons sans cesse en éveil l'esprit de vie et de liberté, le souci du droit et du devoir, le dévouement au vrai et au juste.

Travaillons d'un égal dévouement à un développement social qui cherche l'égalité et la justice dans la fraternité.

Travaillons-y sans relâche et sans faiblesse, écartant les chimères et les illusions décevantes, cherchant sans cesse le mieux sans ignorer qu'il n'est pas en notre pouvoir de changer les bases naturelles et nécessaires des sociétés, ni d'inventer un homme autre que celui que la nature a fait.

L'homme complet dans la société complète, que telle soit toujours notre devise!

Je veux finir, Messieurs, en m'inspirant de la pensée qu'aux fêtes du

Centenaire de la République, le président de la Chambre des députés, un de mes grands prédécesseurs à l'Hôtel de Ville, exprimait avec tant d'éloquence :

« Terminons l'œuvre de la Révolution française en mettant les lois en plus complète harmonie avec les plans qu'elle nous a légués, avec les principes de liberté et d'égalité qu'elle a semés dans le monde.

« Mais abordons les questions avec un esprit d'équité et d'un cœur fraternel, car il faut les résoudre dans la paix, sans violence ni faiblesse. »

Et l'histoire, comme il le disait, aura aussi ses honneurs civiques pour les générations qui, à leur tour, auront élevé la France à un degré supérieur de civilisation, de lumière et de bien-être. (*Applaudissements prolongés.*)

Après l'exécution du *Chant du Départ*, M. le Président de la République a remis à M. Jules Dalou la croix de commandeur de la Légion d'honneur; il lui a donné l'accolade et a prononcé les paroles suivantes :

ALLOCUTION DE M. LE PRÉSIDENT DE LA RÉPUBLIQUE.

Mon cher Maître,

Il y a dix ans, M. Carnot, Président de la République, vous décernait ici même la croix d'officier de la Légion d'honneur.

Je suis heureux de vous conférer aujourd'hui le grade de commandeur, et de récompenser ainsi l'artiste de génie qui a conçu et exécuté le monument que nous venons d'inaugurer pour la glorification de la République.

IV

LE DÉFILÉ DES DÉLÉGATIONS

ET DES SYNDICATS.

Bien avant midi, tout le quartier qui avoisine la place de la République, les boulevards Saint-Martin, Voltaire, Richard-Lenoir, le quai de Valmy et la rue du Faubourg-du-Temple, est envahi par les diverses délégations qui viennent se grouper derrière leurs fanions.

Plusieurs délégations passent en chantant la *Marseillaise,* d'autres le *Chant des Nations;* on entend même la *Carmagnole.* Un groupe de dames de la Halle, au nombre de soixante environ, coiffées d'un bonnet rouge, sont très acclamées des autres délégations.

Un grand nombre de drapeaux portent des inscriptions les unes en lettres d'or, les autres en lettres noires. Les différents groupes du parti ouvrier socialiste-révolutionnaire passent en agitant leurs chapeaux et en criant : « Vive la Sociale! »

Les loges maçonniques, représentées par un très grand nombre d'adhérents, sont précédées chacune de plusieurs bannières de diverses couleurs, chamarrées d'or, ornées de compas, de triangles, et d'inscriptions égyptiennes, derrière lesquelles les représentants marchent, revêtus d'écharpes également couvertes de motifs symboliques.

Les groupes stationnent à leurs emplacements respectifs, attendant le moment du départ. En tête de la plupart des groupes ou des délégations est porté un cartouche indiquant leur nom.

A signaler, parmi les délégations des groupes politiques de la Chambre et du Sénat, M. Méline et M. Georges Berger, représentant le groupe des républicains progressistes dont ils sont président et vice-président.

D'autre part, la Ligue française pour la défense des droits de l'homme et du citoyen est représentée par plus de mille adhérents réunis sur le quai de Valmy, autour des membres du comité, à la tête duquel est M. Trarieux, sénateur de la Gironde.

Parmi les sections départementales figurent la section du Havre, celles d'Auxerre, de Toulouse, d'Orléans, de Compiègne, de Florac, de Cognac, de Vitry-le-François, de Biarritz, de Montpellier, de Lille, de Nancy, de Noisy-le-Sec, etc. La section de Lorient s'est fait représenter par son président, M. Paul Guieysse, député; celle des Deux-Sèvres, par M. Gaston Deschamps. La section de Cahors a envoyé M. Talon, sénateur.

Le lieu de rendez-vous des syndicats ouvriers était le terre-plein situé devant le théâtre de l'Ambigu, boulevard Saint-Martin. A partir de 11 heures, ils commencent à arriver et se groupent autour des poteaux indicateurs portant des numéros d'ordre. Bientôt, le terre-plein, la rue de Bondy et la place de la République sont encombrés d'ouvriers qui, en rangs pressés, suivent leurs bannières syndicales. D'autres corporations se réunissent à la Bourse du travail, attendant l'heure du départ.

A ce moment, le coup d'œil est pittoresque aux abords du bâtiment municipal. De tous côtés les drapeaux claquent au vent. Les bannières rouges sont nombreuses, mais, se conformant à l'avis de la Préfecture de Police, leurs porteurs ont inscrit sur l'étoffe, en lettres noires ou d'or, le nom de leur corporation. Aucun syndicat n'a oublié cette prescription.

Parmi les autres emblèmes, il en est de curieux, que la foule et les manifestants saluent de leurs applaudissements et des cris : de « Vive la République! Vive la Sociale! » Les ouvrières fleuristes ont arboré au bout d'une pique un immense nœud de soie rouge surmonté d'une corbeille de fleurs. Les peintres en bâtiment sont vêtus de longues blouses blanches, et leur bannière verte est ornée d'une palette et de pinceaux. Les jardiniers sont également en tenue de travail et portent sur l'épaule leurs outils : bêches, pioches, râteaux, dont l'acier scintille aux rayons du soleil.

Les ouvrières typographes ont une jolie bannière formée d'un nœud de velours vert orné d'une marguerite; elles obtiennent, ainsi que les autres corporations féminines, un grand succès.

Les allumettiers, qui défilent en cotte bleue, donnant le bras aux allumettières, sont aussi très acclamés.

Mais les manifestants s'efforcent de s'organiser, de trouver leurs places. Entre temps, les uns chantent la *Marseillaise,* d'autres crient : « Vive la République! A bas la calotte! »

A midi, un vif mouvement de curiosité se produit; en même temps éclate un immense cri de : « Vive la République! » Ce sont les délégués des loges maçonniques qui débouchent sur la place de la République. Le cortège est précédé des riches bannières des loges groupées autour de celle du Grand-Orient. Les membres du Grand-Orient, comme tous les autres délégués revêtus de leurs insignes, se tiennent derrière les bannières.

Après une heure d'attente, les francs-maçons se mettent en marche, se dirigeant, par le boulevard Voltaire, vers la statue du sergent Bobillot, où les délégations doivent se joindre au cortège officiel. Les syndicats les suivent en bon ordre. Des agents et des gardes municipaux sont échelonnés sur le parcours; mais ils n'ont pas eu, une seule fois, l'occasion d'intervenir.

Le boulevard Richard-Lenoir est couvert de monde. Les commissaires de la Ville de Paris, dirigés par M. Maillard, sont chargés d'organiser le cortège. Ce n'est pas tâche facile. Ils y réussissent néanmoins et, à 2 heures, l'interminable théorie se met en marche.

Des fanfares se sont jointes au cortège, et c'est aux sons retentissants des cuivres, aux accents de la *Marseillaise*, du *Chant des Nations*, du *Chant du Départ*, de la *Parisienne*, de vieux airs révolutionnaires et même de la *Carmagnole*, que les syndicats, les groupes politiques, les délégations de toutes sortes se suivent sur le boulevard Voltaire. On ne peut exactement mesurer l'importance numérique de cette cohorte immense, qui couvre le boulevard Voltaire dans toute sa longueur et dont les méandres se replient jusque dans les rues adjacentes.

Le défilé devant le monument, en présence du Président de la République, commencé à 2 heures un quart, a duré sans interruption jusqu'à 7 heures et demie. On a évalué à plus de 350,000 le nombre des personnes qui y ont pris part. Il comprenait les groupes, sociétés et délégations suivants :

SYNDICATS OUVRIERS.

Fédération française des Travailleurs du Livre.
Fédération culinaire de France et des Colonies.
Fédération nationale des Ouvriers métallurgistes de France.
Fédération des Ouvriers et Ouvrières des Manufactures des Tabacs de France.
Union fédérative des Syndicats ouvriers de la 4e catégorie des Tissus.
Fédération des Travailleurs municipa x de la Ville de Paris et départementaux du département de la Seine.
Fédération des Chambres syndicales des Coupeurs et Brocheurs de chaussures de France.
Fédération nationale des Cuirs et Peaux.

Fédération corporative des Mouleurs en métaux de France.
Union des Syndicats du département de la Seine.
Fédération nationale des Employés.
Confédération générale du Travail.
Fédération lithographique française et des parties similaires.
Fédération nationale des Syndicats et groupes des Ouvriers de la voiture.
Fédération des Syndicats de la bourrellerie, sellerie et parties similaires du département de la Seine.
Société des Compagnons et Aspirants cordonniers et bottiers du Devoir.
Chambre syndicale typographique parisienne.
Chambre syndicale ouvrière de la Reliure-Dorure.
Chambre syndicale des Ouvriers menuisiers en voitures de la Seine.
Société de résistance des Ouvriers imprimeurs lithographes de la Seine.
Chambre syndicale des Boucheurs à l'émeri.
Chambre syndicale des Ouvriers parqueteurs du département de la Seine.
La Prévoyante, Chambre syndicale des Ouvriers imprimeurs en taille-douce.
Chambre syndicale des Ouvriers peintres en bâtiment et parties similaires.
Chambre syndicale professionnelle des Ouvriers passementiers à la barre.
Chambre syndicale des Ouvriers marbriers du bâtiment.
Chambre syndicale des Fondeurs typographes de Paris.
Chambre syndicale des Ouvriers gainiers et parties s'y rattachant.
Chambre syndicale ouvrière de la Papeterie et parties similaires.
Chambre syndicale des Ouvriers en voiture.
Chambre syndicale des Ouvriers plombiers, couvreurs, zingueurs de Paris.
Chambre syndicale des Ouvriers ébénistes réparateurs.
Chambre syndicale des Ouvriers tanneurs du département de la Seine.
Chambre syndicale des Chauffeurs-Conducteurs-Mécaniciens.
Chambre syndicale des Ouvriers charpentiers de la Seine.
Chambre syndicale des Ouvriers sertisseurs.
Chambre syndicale des Ouvriers jardiniers du département de la Seine.
Chambre syndicale des Ouvriers stéréotypeurs-galvanoplastes.
Chambre syndicale des Ouvriers serruriers en bâtiment.
Chambre syndicale ouvrière de la Bijouterie dorée, deuil, acier, petit bronze.
Chambre syndicale des Ouvriers en pelleterie, lustreurs et fourreurs.
Chambre syndicale des Ouvriers confiseurs de Paris.
Chambre syndicale ouvrière des Pâtissiers de la Seine.
Chambre syndicale des Imprimeurs à la planche.
Chambre syndicale des Ouvriers charrons du département de la Seine.

Chambre syndicale des Ouvriers doreurs sur bijoux.
Chambre syndicale des Ouvriers layetiers-emballeurs du département de la Seine.
Chambre syndicale des Ouvriers en instruments de musique (cuivre et bois) de Paris.
Chambre syndicale des Ouvriers peintres en voiture.
Chambre syndicale des Ouvriers boulangers de la Seine.
Chambre syndicale des Ouvriers scieurs, découpeurs, mouluriers à la mécanique et parties similaires du département de la Seine.
Chambre syndicale ouvrière des Cuisiniers de Paris.
Chambre syndicale des Ouvriers estampeurs poêliers en faïence.
Chambre syndicale des Ouvriers chaudronniers en fer.
Chambre syndicale des Ouvriers en outils à découper.
Chambre syndicale des Ouvriers gantiers de la Seine.
Chambre syndicale ouvrière de la Brosserie pour peinture.
Chambre syndicale des Ouvriers malletiers et articles de voyage.
Fédération socialiste des Ouvriers charpentiers.
Chambre syndicale des Ouvriers selliers en sacs de voyage.
Chambre syndicale des Ouvriers tapissiers.
Chambre syndicale des Ouvriers brossiers de Paris.
Union syndicale des Coupeurs-Tailleurs.
Chambre syndicale des Imprimeurs en papier peint.
Chambre syndicale des Ouvriers selliers en voitures du département de la Seine.
Chambre syndicale des Ouvriers selliers et des mécaniciennes de l'article de chasse.
Chambre syndicale des Ouvriers en instruments de chirurgie.
Chambre syndicale des Graveurs sur marbre pour les cimetières.
Chambre syndicale des Ouvriers tourneurs-repousseurs sur tous métaux.
Chambre syndicale des Ouvriers mégissiers du mouton.
Société de Gutenberg, Chambre syndicale des Conducteurs typographes du département de la Seine.
Chambre syndicale des Ouvriers portefeuillistes-maroquiniers.
Chambre syndicale des Ouvriers chaudronniers en cuivre de Paris.
Association amicale des Employés de chemins de fer et des industries similaires.
Chambre syndicale des Ouvriers doreurs et argenteurs sur métaux.
Union corporative des Ouvriers hongroyeurs.
Chambre syndicale des Ouvriers lanterniers pour voitures.
Chambre syndicale des Pilotes des bateaux-voyageurs.
Syndicat des Membres de l'Enseignement.
Chambre syndicale des Imprimeurs et Conducteurs.
Chambre syndicale des Cochers.

Union syndicale des Ouvriers grillageurs à la main.

Syndicat de la Fédération française des Voyageurs de commerce.

Fédération générale française professionnelle des Mécaniciens-Chauffeurs-Électriciens des chemins de fer et de l'industrie.

Union syndicale de la Bourrellerie parisienne.

Chambre syndicale des Employés.

Chambre syndicale des Ouvriers et aides fumistes en bâtiment du département de la Seine.

Chambre syndicale des Ouvriers peintres de lettres.

Syndicat des Travailleurs de la Boulangerie et des Porteuses de pain.

Chambre syndicale ouvrière des Limonadiers-Restaurateurs et assimilés de Paris.

Chambre syndicale de la Boucherie de Paris.

Chambre syndicale des Mouleurs en plâtre, Statuaires, Ornementistes français.

Chambre syndicale générale des Ouvriers corroyeurs.

Chambre syndicale des Coupeurs-Chemisiers, faux cols, lingerie et parties similaires.

Chambre syndicale des Ouvriers charpentiers en fer du département de la Seine.

Chambre syndicale ouvrière de l'Industrie florale.

Chambre syndicale ouvrière des Tourneurs-Robinetiers.

Chambre syndicale des Coupeurs de cols-cravates.

Chambre syndicale et d'appui mutuel des Ouvriers teinturiers de Paris.

Chambre syndicale ouvrière des Coiffeurs de Paris.

Syndicat des Ouvriers en chapeaux de soie.

Chambre syndicale des Ouvriers égoutiers de la Ville de Paris et de l'Assainissement.

Chambre syndicale des Ouvriers en fouets, cannes, cravaches, parapluies et ombrelles.

Union syndicale des Cochers.

Chambre syndicale des Coupeurs et Brocheurs en chaussures du département de la Seine.

Chambre syndicale des Ouvriers briqueteurs-jointoyeurs.

Chambre syndicale des Ouvriers coffretiers.

Syndicat central des Voyageurs et Représentants de commerce de France et des Colonies.

Chambre syndicale des Mécaniciens des bateaux à voyageurs.

Chambre syndicale générale des Ouvriers et Ouvrières de la couperie de poils.

Union ouvrière des Vanniers de Paris.

Chambre syndicale des Ouvriers biseauteurs et polisseurs de glaces.

Chambre syndicale ouvrière de la Bijouterie or et Joaillerie.

Chambre syndicale des Ouvriers tourneurs en optique (jumelles).
Chambre syndicale des Ouvriers ferblantiers de toutes spécialités du département de la Seine.
Union syndicale des Ouvriers menuisiers du département de la Seine.
Syndicat des Ouvriers granitiers.
Syndicat général des Sténographes et des Dactylographes.
Chambre syndicale professionnelle des Façonniers-Passementiers à la barre.
Chambre syndicale des Lamineurs de métaux.
Chambre syndicale de la Literie et du Meuble en fer de Paris.
Chambre syndicale des Dessinateurs en broderies.
Société des Compagnons charrons du Devoir.
Fédération des Préposés hommes et dames des Manufactures des Tabacs et des Manufactures d'allumettes (section du Gros-Caillou).
Chambre syndicale des Fossoyeurs de la Ville de Paris.
La Vigilante, Société syndicale mutuelle des Employés d'hôtel de Paris.
Chambre syndicale des Ouvriers et Ouvrières de la Manufacture des Tabacs (section de Reuilly).
Syndicat national des Travailleurs des chemins de fer de France et des Colonies.
Chambre syndicale des Ouvriers en chevreau glacé et parties similaires du département de la Seine.
Chambre syndicale des Passementiers à la main.
L'Avenir, Chambre syndicale d'Ouvriers peintres en bâtiment.
Chambre syndicale ouvrière de la Boucherie en gros de Paris.
Chambre syndicale des Ouvriers forgerons et serruriers en voitures et similaires de la Seine.
Chambre syndicale des Ouvriers de la fonderie de cuivre du département de la Seine.
Solidarité ouvrière des Tailleurs de la Seine.
Union syndicale des Ouvrières de la blanchisserie et parties similaires.
Chambre syndicale des Ouvriers parqueteurs sur bitume du département de la Seine.
Chambre syndicale des Ouvriers polisseurs.
Chambre syndicale du Personnel de la Compagnie générale des Omnibus.
Chambre syndicale des Ouvriers fourreurs (2e section des Ouvriers en confection).
Chambre syndicale des Ouvriers mégissiers du département de la Seine.
Union syndicale indépendante des Peintres en voitures.
Association syndicale des Élèves en pharmacie de France.
Syndicat des Graineurs lithographes du département de la Seine.
Chambre syndicale des Cantonniers ouvriers et ouvrières des Services réunis de la Direction des travaux de la Ville de Paris.

Chambre syndicale des Mégissiers palissonniers.
Union syndicale des Ouvriers marbriers du meuble.
Société des Ouvriers maçons, tailleurs et scieurs de pierres.
Syndicat des Travailleurs de la Compagnie parisienne du Gaz.
Chambre syndicale des Ouvriers paveurs et granitiers de la Régie de Paris.
Syndicat des Voyageurs et Représentants de commerce.
Société des Ouvriers peintres dite *Syndicat du Père-Lachaise.*
Chambre syndicale des Ouvriers dessinateurs, écrivains et graveurs.
Mutualité syndicale des Sommeliers et Garçons marchands de vins.
Union des Comptables.
Chambre syndicale des Peintres sur éventails et articles de fantaisie.
Association amicale des Employés.
Union syndicale des Employés du Gaz.
Chambre syndicale des Fontainiers du Service municipal des Eaux.
Chambre syndicale des Placiers en fleurs, plumes et apprêts.
Chambre syndicale ouvrière des Machines élévatoires de la Ville de Paris.
Union syndicale des Peintres du département de la Seine.
Chambre syndicale des Infirmiers, Infirmières et Gardes-Malades du département de la Seine.
Chambre syndicale de la Tabletterie en peignes, éventails, écaille, corne, ivoire, celluloïd et des parties qui s'y rattachent.
Chambre syndicale des Ouvrières couturières, lingères et parties similaires.
Chambre syndicale des Ouvriers opticiens.
Syndicat des Ouvriers tôliers du département de la Seine.
Société d'appui mutuel des Ouvriers selliers-harnacheurs et parties similaires.
Chambre syndicale des Ouvriers des Chantiers et Ateliers de la Ville de Paris.
Syndicat des Employés de Bourse et de Banque.
Chambre syndicale des Ouvriers jardiniers des Promenades et Plantations de la Ville de Paris.
Chambre syndicale des Ouvriers et Ouvrières en chapellerie de Paris, réunis.
Chambre syndicale des Ouvriers ébénistes spécialistes en tables de nuit.
Chambre syndicale ouvrière des Biscuitiers et Pains d'épices et assimilés.
Chambre syndicale des Ouvriers du Service municipal des Carrières sous Paris.
Chambre syndicale des Ouvriers ornemanistes sur métaux.
Chambre syndicale des Conducteurs, Pointeurs, Margeurs et Minervistes.
La Mutualité sténographique.
Chambre syndicale ouvrière du Cartonnage en tous genres.
Chambre syndicale des Ouvriers maréchaux du département de la Seine.

Chambre syndicale des Ouvriers miroitiers.
Chambre syndicale ouvrière des Tourneurs et Vernisseurs sur bois.
Chambre syndicale de la Cordonnerie parisienne et des Vendeurs en chaussures.
Chambre syndicale des Ouvriers monteurs et tourneurs en cuivre.
Chambre syndicale des Ouvriers de la chèvre.
Chambre syndicale des Ouvriers ornemanistes en carton-pierre.
Chambre syndicale des Chromistes-Similistes de la photogravure.
Syndicat général des Garçons de magasins, Cocher-Livreurs.
Union syndicale des Ouvriers boutonniers.
Union syndicale des Ouvriers mouluriers et finisseurs à la main du département de la Seine.
Chambre syndicale des Ouvrières et Ouvriers tailleurs de Paris.
Chambre syndicale des Opérateurs et Bitumiers de la photogravure.
Chambre syndicale des Ouvriers balanciers.
Cercle amical des Employés en serrurerie.
Syndicat des Ouvriers civils des Magasins centraux de la Guerre.
Chambre syndicale des Plaqueurs en sellerie et carrosserie.
Association mutuelle syndicale des Ouvriers boulangers.
Chambre syndicale ouvrière de la Brochure.
Chambre syndicale des Travailleurs de l'air comprimé et de l'électricité (Chemins de fer Nogentais).
Chambre syndicale des Désinfecteurs municipaux.
Chambre syndicale des Ouvriers terrassiers, puisatiers, mineurs de la Seine.
Chambre syndicale des Estampeurs et Découpeurs sur métaux du département de la Seine.
Union syndicale des Ouvriers paveurs, cimentiers, bitumiers.
Chambre syndicale des Ouvriers et Ouvrières tailleurs sur acier.
Chambre syndicale des Ouvriers étireurs au banc du département de la Seine.
Chambre syndicale des Ouvriers de l'orfèvrerie.
Chambre syndicale de la Sculpture et d'appui mutuel.
Chambre syndicale des Employés.
Syndicat des Correcteurs.
Union syndicale des Employés représentants de commerce parisiens.
Union syndicale des Employés et Ouvriers de la Direction des affaires municipales de la Ville de Paris.
Union fraternelle des Modeleurs-Mécaniciens du département de la Seine.
Chambre syndicale des Ouvriers des Entrepôts et Magasins généraux de Paris.
Chambre syndicale des Ouvriers timbreurs héraldiques.

Chambre syndicale des Fondeurs et parties similaires du département de la Seine.
Chambre syndicale des Ouvriers de l'Assainissement de la Seine.
Fédération des Préposés des Manufactures de Tabacs et d'Allumettes (section du Gros-Caillou).
Syndicat des Ouvriers plombiers dits *colonnards*.
Chambre syndicale des Ouvriers corroyeurs dits « du cuir noir » de Paris.
Fédération des Préposés (hommes et dames) des Manufactures et Magasins de Tabacs et Manufactures d'Allumettes de France (section de Paris-Reuilly).
Groupe corporatif des Ouvriers et Ouvrières batteurs d'or de Paris.
Chambre syndicale des Ouvriers de l'éclairage en général de la Ville de Paris.
Chambre syndicale des Chefs cantonniers et assimilés du service de la voie publique et de l'éclairage.
Chambre syndicale des Ouvriers du Service de la désinfection du Marché aux bestiaux de la Villette.
Chambre syndicale des Mouleurs en cuivre.
Union amicale des Jardiniers chefs surveillants et Jardiniers principaux auxiliaires de la Ville.
Chambre syndicale des Ouvriers tourneurs décolleteurs de France.
Chambre syndicale des Peseurs titulaires des Halles et Marchés.
Chambre syndicale des Ouvriers démolisseurs du département de la Seine.
Syndicat des Ouvrières fleuristes, plumassières, feuillagistes et branches similaires.
Chambre syndicale des Contremaîtres, Chefs mécaniciens et Brigadiers des différents services de la Ville de Paris.
Chambre syndicale des Couseurs en chaussures.
Union syndicale ouvrière des Femmes de chambre, Cuisinières, Bonnes, Lingères, Filles de salles et Employées de magasins.
Société amicale des Chefs de service et Contremaîtres des industries métallurgiques.
L'Espérance, Association syndicale de Secours mutuels et de Placement gratuit de Garçons limonadiers, Restaurateurs et assimilés.
Syndicat des Courtiers et Représentants de commerce.
Chambre syndicale des Métreurs-Vérificateurs spécialistes.
Syndicat des Ouvriers cantonniers et éclusiers des Canaux de la Ville de Paris.
Chambre syndicale des Cantonniers et auxiliaires d'empierrement de la Ville de Paris.
Syndicat libre des Ouvriers menuisiers du département de la Seine.
Syndicat des Peintres français et parties assimilées du département de la Seine.
Syndicat des Sténographes, méthode Riom.
Chambre syndicale ouvrière de la Bijouterie, or, doublé et argent.
Chambre syndicale des Ouvriers potiers d'étain et des parties similaires.

Chambre syndicale des Ouvriers chocolatiers du département de la Seine.

Chambre syndicale des Couleurs de lessive et Garçons de lavoirs du département de la Seine.

Syndicat des Employés à la Manutention du Mont-de-Piété.

Syndicat des Ouvriers et Ouvrières professionnels et journaliers de l'Administration générale de l'Assistance publique.

Chambre syndicale des Employés, Ouvriers et Ouvrières de la Traction mécanique de la Compagnie générale des Omnibus.

Union syndicale des Maçons limousinants et aides du département de la Seine.

Chambre syndicale des Ouvriers graveurs.

Union syndicale des Employés d'hôtel et assimilés des deux sexes.

Association des Choristes professionnels.

Chambre syndicale des Ouvriers facteurs de pianos et orgues et parties similaires.

Chambre syndicale du Bronze imitation.

Association syndicale des Professeurs de l'Enseignement libre de France et de l'étranger.

Syndicat des Ouvriers soudeurs et apprêteurs en tubes en cuivre.

Chambre syndicale des Coloristes enlumineurs.

Chambre syndicale des Ouvriers tonneliers (vins et spiritueux).

Union syndicale des Ouvriers et Ouvrières de toutes les spécialités de la Brosserie de Paris.

Fédération des Syndicats de Peintres en bâtiment et parties similaires du département de la Seine.

Union fédérative des Chefs ouvriers des Services municipaux de la Ville.

Chambre syndicale des Agents des piscines municipales.

Chambre syndicale des Ouvriers souffletiers.

Société l'Union lithographique.

Syndicat des Porteurs de journaux.

Chambre syndicale ouvrière des Sculpteurs du bâtiment.

Union centrale des Chauffeurs, Conducteurs, Mécaniciens, Tourneurs et Ajusteurs de l'industrie et de la navigation du département de la Seine.

Chambre syndicale des Charretiers et Camionneurs du département de la Seine.

Syndicat des Ouvrières blanchisseuses et assimilées de Paris.

Chambre syndicale ouvrière de l'Ébénisterie et du Meuble sculpté.

Chambre syndicale des Enduiseurs.

L'Union de Belleville, Groupe d'embauchage mutuels d'Ouvriers peintres en bâtiment.

Chambre syndicale des Cantonniers surveillants des Marchés de quartier.

Syndicat professionnel des Tailleurs en pierre dure, dits Gargouilleurs, du département de la Seine.

Union syndicale des Tailleurs de pierre du département de la Seine.

Syndicat des Travailleurs de la Triperie en général et des Andouilleurs.

Union syndicale des Ouvrières couturières et parties similaires.

Union syndicale des Employés des Coopératives ouvrières du département de la Seine.

Fédération nationale des Ouvriers boulangers de France et des Colonies.

Chambre syndicale des Ouvriers en chapeaux mécaniques de Paris.

Syndicat l'Union fraternelle des Ouvriers boulangers et assimilés du XIIIe arrondissement.

Groupe syndical des Travailleurs des Chemins de fer de l'État.

L'Amical, Syndicat général des Ouvriers maçons et professions connexes du département de la Seine.

Union corporative des Mécaniciens-Chauffeurs du Chemin de fer du Nord.

Syndicat des Femmes typographes.

Syndicat général des Ouvriers terrassiers, puisatiers et mineurs du département de la Seine.

Syndicat amical corporatif de Secours et de Retraite des Graveurs sur cristaux.

Syndicat mixte des Ouvriers en fleurs naturelles et similaires du département de la Seine.

Syndicat des Ouvriers des monnaies et médailles.

Chambre syndicale des Ouvriers scieurs de long du département de la Seine.

Cercle amical des Employés du commerce et de l'industrie.

Chambre syndicale de la Charcuterie parisienne.

Union de la Chambre syndicale des Ouvrières couturières et assimilées.

Syndicat des Ouvriers spéciaux des Services municipaux de Paris.

Syndicat des Ouvriers employés à l'atelier de Chaillot.

Fédération nationale des Coupeurs-Tailleurs de France.

Syndicat des Ouvriers en scies, parties similaires et connexes du département de la Seine.

Chambre syndicale des Compteurs de pavés des Dépôts de la Ville de Paris.

Chambre syndicale des Ouvrières confectionneuses de cols-cravates.

Chambre syndicale des Travailleurs aux pièces dans la menuiserie en voitures.

Syndicat des Ouvriers des ateliers de constructions mécaniques et d'entretien des Manufactures de tabac.

Syndicat des Ouvriers et Employés du tramway électrique de Paris à Romainville.

Chambre syndicale des Ouvriers du meuble de jardin en rotin.

Chambre syndicale des Charretiers-Brasseurs des brasseries de Paris.
Syndicat des Ouvriers et Ouvrières des chiffonniers de Paris.
Chambre syndicale des Teinturiers en peaux pour ganterie et parties similaires.
Syndicat des Peintres de Paris.
Chambre syndicale du Personnel de la Compagnie des Tramways de Paris et du département de la Seine.
Association générale des Artistes dramatiques et lyriques de France.
Syndicat des Ouvriers briquetiers et potiers français du département de la Seine.
Groupe des Ouvriers inventeurs et artistes industriels.
Chambre syndicale des Ouvriers tailleurs et scieurs de pierre du département de la Seine.
Chambre syndicale des Camionneurs du département de la Seine.
Chambre syndicale de l'Ébénisterie en photographie, fantaisie et science.
La Solidarité ouvrière des Ouvrières et Ouvriers des Services réunis de la Ville de Paris.
Chambre syndicale des Allumeurs du gaz.
Chambre syndicale des Ouvriers roulettiers.
Syndicat ouvrier des Lapidaires diamantaires.
Chambre syndicale des Ouvriers galochiers.
Chambre syndicale des Ouvriers horlogers en pendules.
Société des Compagnons charpentiers du Devoir de Liberté.
Syndicat des Employés du département de la Seine (commerce, industrie, banque administration).

SYNDICATS PATRONAUX.

Union des Syndicats médicaux de France.
Union des Syndicats de l'Alimentation en gros.
Fédération des Syndicats des Charcutiers de France.
Syndicat national du Commerce en gros des vins, spiritueux et liqueurs de France.
Union syndicale de la Boulangerie de la banlieue de Paris.
Chambre syndicale des Marchands de bois à brûler.
Chambre syndicale de la Boulangerie de Paris.
Chambre syndicale de la Charcuterie de Paris et du département de la Seine.
Chambre syndicale des Entrepreneurs de charpente.
Chambre syndicale des Entrepreneurs de maçonnerie.
Chambre syndicale des Entrepreneurs de pavage, terrasse, égouts, etc.
Chambre syndicale des Entrepreneurs de couverture, plomberie, etc.

Chambre syndicale et Société de prévoyance des Pharmaciens de Paris et du département de la Seine.
Chambre syndicale des Entrepreneurs de menuiserie et parquets.
Chambre syndicale des Entrepreneurs de fumisterie, de chauffage et de ventilation.
Chambre syndicale des Entrepreneurs de serrurerie et de constructions en fer.
Chambre syndicale des Entrepreneurs de peinture et vitrerie.
Chambre syndicale des Transports.
Chambre syndicale des Charrons-Constructeurs de voitures de commerce.
Chambre syndicale des Miroitiers.
Chambre syndicale des Carrossiers et du Groupe des industries annexes.
Chambre syndicale patronale des Tapissiers.
Chambre syndicale de l'Éclairage et du Chauffage par le gaz et l'électricité.
Chambre syndicale du Commerce en gros des vins et spiritueux.
Chambre syndicale des Fleurs et Plumes.
Chambre syndicale des Mécaniciens, Chaudronniers et Fondeurs.
Société des Bourreliers-Selliers.
Chambre syndicale de la Marbrerie de Paris.
Chambre syndicale des Brasseurs de Paris.
Chambre syndicale des Instruments de musique.
Chambre syndicale des Fabricants de lampes, lanternes, ferblanterie et industries qui s'y rattachent.
Chambre syndicale des Blanchisseurs et Buandiers.
Chambre syndicale des Eaux gazeuses.
Chambre syndicale des Entrepreneurs de voitures de place.
Chambre syndicale des Enseignes et Stores.
Chambre syndicale de la Bonneterie et de la Ganterie.
Chambre syndicale des Distillateurs en gros de Paris.
Chambre syndicale des Maîtres-Tailleurs de Paris.
Chambre syndicale des Maîtres de Lavoirs de Paris et du département de la Seine.
Chambre syndicale des Fondeurs en cuivre et en bronze.
Chambre syndicale patronale des Coiffeurs de Paris.
Chambre syndicale de la Bijouterie initiative.
Chambre syndicale de l'Horlogerie de Paris.
Union syndicale et mutuelle des Restaurateurs et Limonadiers.
Chambre syndicale des Débitants de vins du département de la Seine.
Chambre syndicale des Négociants en diamants, perles, pierres précieuses et des Lapidaires.
Chambre syndicale de la Confection et de la Couture pour dames et enfants.

Chambre syndicale des Fabricants de produits pharmaceutiques.
Chambre syndicale des Hôteliers de Paris.
Chambre syndicale des Entrepreneurs en démolitions.
Chambre syndicale des Sculpteurs, Statuaires, Praticiens.
Association professionnelle de Saint-Fiacre.
Chambre syndicale des Banquiers.
Syndicat des Horticulteurs et Marchands titulaires des Halles et marchés aux fleurs de la région parisienne.
Union syndicale des Industriels forains.
Chambre syndicale des Patrons peintres de voitures.
Union syndicale des Débitants de vins et Liquoristes de Paris et de la banlieue.
Chambre syndicale des Bureaux de placement autorisés de Paris et des départements.
Chambre syndicale des Couteliers de Paris.
Caisse de défense mutuelle des Architectes.
Chambre syndicale des Mandataires aux Halles centrales.
Syndicat professionnel des Carriers français.
Syndicat professionnel de l'Union du Bâtiment.
Groupe syndical des Magasins de détail, de Bijouterie, Horlogerie, etc.
Syndicat du commerce en gros de la Boucherie de Paris.
Chambre syndicale des Entrepreneurs spécialistes de travaux en ciment.
Chambre syndicale des Entrepreneurs de constructions métalliques.
Association nationale de la Meunerie française.
Chambre syndicale des Constructeurs de machines et d'instruments d'agriculture et d'horticulture.
Chambre syndicale des Couleurs et Vernis.
Chambre syndicale des Graveurs.
Chambre syndicale de la Métallurgie.
Chambre syndicale des Maréchaux ferrants.
Chambre syndicale de la Mégisserie lainière.
Union fraternelle des Maîtres tailleurs.
Chambre syndicale des Marchands de beurre, œufs, fromages et Crémiers.
Chambre syndicale des Fabricants d'étalages.
Syndicat du commerce des Futailles.
Chambre syndicale des Doreurs, Argenteurs, Nickeleurs, Vernisseurs et Bronzeurs sur métaux.
Chambre syndicale des Dessinateurs industriels.
Chambre syndicale des Entrepreneurs de travaux publics, terrassements, enlèvement des boues et ordures ménagères de Paris.

Chambre syndicale des Commerçants titulaires du Pavillon 5 (Charcuterie).
Chambre syndicale des Bazars.
Chambre syndicale de la Maroquinerie, Gainerie et Articles de voyage.
Syndicat des Médecins de la Seine.
Chambre syndicale des Fabricants de cadres et moulures.
Société des Fabricants d'orfèvrerie argent.
Chambre syndicale des Entrepreneurs de ravalements et échafaudages.
Société nationale des Géomètres de France, d'Algérie et de Tunisie.
Chambre syndicale des vieux Fers et Métaux.
L'Alliance batelière, Syndicat professionnel des Mariniers.
Union syndicale des Marchands Brocanteurs en boutique et Chineurs réunis.
Chambre syndicale des Représentants en vins et spiritueux de Seine et Seine-et-Oise.
Chambre syndicale des Entrepreneurs de Voitures publiques de transport en commun pour les courses.
Chambre syndicale des Sculpteurs-Décorateurs.
Syndicat des Forts aux Farines.
Chambre syndicale des propriétaires de Bals-Musettes.
Chambre syndicale des Mandataires à la Volaille et au Gibier des Halles centrales de Paris.
Chambre syndicale des Gérants de Débits de tabac.
Chambre syndicale des Industriels et Commerçants en huiles et graisses industrielles.
Chambre syndicale des Commissionnaires en fruits et primeurs.
Syndicat général des Marchands et Marchandes de poisson.
Chambre syndicale des Marchands forains des Halles centrales.
Syndicat des Sages-Femmes de la Seine.
Chambre syndicale des Marchands revendeurs des Halles.
Syndicat des Fournisseurs militaires de France.
Syndicat professionnel de l'Acétylène.
Syndicat de la Charcuterie parisienne.
Syndicat de l'alliance des Débitants de Vins.
Chambre syndicale de la Fantaisie pour modes.
Chambre syndicale des Maîtres fondeurs typographes.
Syndicat du Marché de l'Europe.
Chambre syndicale des Cavistes et Liquoristes.
Chambre syndicale des Marchands de charbons en détail du département de la Seine.
Chambre syndicale de l'Industrie du nickel pur.

Union des Entrepreneurs suburbains de l'Industrie du bâtiment du département de la Seine.
Chambre syndicale des Fabricants de casquettes et Entrepreneurs à façon.
Chambre syndicale de la Tenture et Décoration.
Syndicat des Jardinières, Maraîchères, Revendeuses des Halles.
Syndicat de la Boulangerie du département de la Seine et régions limitrophes.
Chambre syndicale des Articles de caves et des Industries qui s'y rattachent.
Syndicat général des Tailleurs de pierre et Maçons de France.
Chambre syndicale des Entrepreneurs de carrelages, revêtements et mosaïques du département de la Seine.
Chambre syndicale des Commerçants étalagistes de Paris.
Syndicat des Marchands de fruits du port du Mail.
Chambre syndicale patronale des Grillageurs de Paris et du département de la Seine.
Syndicat des Clicheurs et Galvanoplastes.
Syndicat du Marché Saint-Quentin.
Fédération des Coiffeurs de France.
Chambre syndicale des Pianos et Orgues.
Syndicat des Consommateurs de gaz et d'électricité de la Ville de Paris et du département de la Seine.
L'Agriculture, Syndicat professionnel.
Association des Géomètres-Experts pour l'Exposition de 1900.
Chambre syndicale des Membres de l'Enseignement libre laïque de l'Académie de Paris.
Syndicat central des Horticulteurs de France.

ASSOCIATIONS COOPÉRATIVES DE PRODUCTION.

Société des Ouvriers casseurs de pierres du département de la Seine.
Société des Ouvriers casseurs de pierres de Paris.
Société des Ouvriers charpentiers de la Villette.
Société des Ouvriers charpentiers de Paris.
Association coopérative des Ouvriers charpentiers de Paris, *la Batignollaise.*
Association coopérative d'Ouvriers couvreurs-plombiers, *la Lutèce.*
Association ouvrière des Frotteurs-Encaustiqueurs.
Association coopérative ouvrière de production, *les Ouvriers fumistes de Paris.*
Association des Ouvriers granitiers du département de la Seine.
Association ouvrière, *les Maçons de Paris.*
Association des Ouvriers menuisiers de Paris.

Association des Ouvriers menuisiers, *l'Espérance du Bâtiment.*
Société ouvrière anonyme, *la Menuiserie moderne.*
Société coopérative ouvrière de production, *l'Union des Menuisiers.*
Société coopérative des Ouvriers parqueteurs.
Association des Ouvriers paveurs de Paris.
Association d'Ouvriers paveurs, *le Pavage.*
Association d'Ouvriers peintres, *le Travail.*
Association d'Ouvriers peintres, *la Mutuelle.*
Association d'Ouvriers peintres, *l'Union.*
Association d'Ouvriers peintres, *la Fraternelle.*
Association des Ouvriers piqueurs de grès du département de la Seine.
Association des Ouvriers plombiers, couvreurs, zingueurs.
Société coopérative d'Ouvriers plombiers, couvreurs, zingueurs, *l'Avenir.*
Association amicale des Puisatiers, Terrassiers, Cimentiers, *l'Union fraternelle.*
Association ouvrière des Rampistes sur bois, *la Prévoyante.*
Société coopérative d'Ouvriers replanisseurs de parquets.
Société coopérative de Sculpteurs décorateurs et ornemanistes.
Union des Sculpteurs mouleurs.
Union des Ouvriers serruriers.
Société coopérative des Ouvriers serruriers, *l'Avenir du Bâtiment.*
Association coopérative des Ouvriers tapissiers.
Association des Ouvriers afficheurs de Paris, *l'Union.*
Chambre consultative des Associations ouvrières de production.
Banque coopérative des Associations ouvrières de production.
Association coopérative d'Ouvriers biscauteurs et polisseurs de glaces, *le Progrès.*
Association coopérative d'Ouvriers boulangers de Paris, *la Boulangerie parisienne.*
Société coopérative des Ouvriers brossiers de la Seine.
Association générale du Cartonnage en tous genres.
Société des Fabricants en colliers anglais.
Association des Ouvriers diamantaires de Paris.
Association générale des Ouvriers ferblantiers réunis.
Société coopérative des Ouvriers de la fonderie de cuivre.
Société coopérative des Ouvriers horlogers.
Association ouvrière, *l'Imprimerie économique.*
Association ouvrière, *l'Imprimerie nouvelle.*
Association générale des Ouvriers en instruments de musique bois et cuivre.
Association des Ouvriers en instruments de précision.
Association coopérative des Ouvriers lanterniers.

Association des Ouvriers en limes.
Association d'Ouvriers de la lithographie parisienne.
Société ouvrière de production, *la Papeterie moderne.*
Association coopérative de production, *l'Union photographique française.*
Société coopérative de production des Ouvriers et Ouvrières en sacs en papier.
Union coopérative d'Ouvriers fabriquant la toilette anglaise.
Association coopérative des Ouvriers en voitures.
Les Charpentiers de la Seine.
Association ouvrière de Maçons, *la Maçonnerie.*
Association coopérative d'Ouvriers tailleurs de glaces.
Association des Ouvriers brossiers et balaitiers de Paris.
La Verrerie ouvrière.

SOCIÉTÉS COOPÉRATIVES DE CONSOMMATION.

La Probité.
L'Union amicale du XVe.
Les Amis prévoyants.
L'Alliance du XVIIe.
Le Restaurant coopératif.
Les Équitables de Paris.
La Gauloise.
La Républicaine des Ve et XIIIe arrondissements.
L'Avenir de Plaisance.
L'Avenir de Vaugirard.
La Bellevilloise.
Société civile coopérative de consommation du XVIIIe.
L'Économie parisienne.
L'Économie ouvrière.
L'Égalitaire.
La Famille.
L'Indépendance.
La Laborieuse.
Le Marais.
La Ménagère.
La Moissonneuse.
La Picpus.
L'Union du Plateau de Belleville.

L'Union du XIXe.
La Thémis.
Le Bel-Air.
L'Union fraternelle d'Auteuil.
L'Union des Travailleurs du XIIIe.
L'Utilité sociale.
L'Espérance des Ve et XIIIe arrondissements.
L'Économie fraternelle du Ve.
La Ruche du XIVe.
La Glaneuse parisienne.
La Vigilante.
La Prévoyante de Montmartre.
La Goutte d'Or.
La Clairvoyante.
L'Union ouvrière du XIIIe arrondissement.
Bourse coopérative des Sociétés ouvrières de consommation.
La Prévoyante du Pré Saint-Gervais.
Le Têtu.
La Revendication de Puteaux.
L'Espérance de Rueil.
L'Amicale de Saint-Ouen.
L'Association française des Travailleurs d'Issy.
La Famille.
L'Abeille suresnoise.

LOGES.

Grand Orient de France.
Suprême Conseil du Rite écossais pour la France et ses dépendances.
Grande Loge symbolique écossaise.
Grande Loge de France.
L'Union fraternelle, Cercle maçonnique du XIe arrondissement.
La Justice N° 133.
La Raison de Montmartre.
La Philosophie sociale.
Le Droit humain.
Diderot.
La Jérusalem écossaise.
L'Union africaine d'Oran.

Le Progrès.
Travail et Vrais amis fidèles.
La Philosophie positive.
L'Union lozérienne.
La France maçonnique.
L'École mutuelle et l'Atelier socialiste.
Les Amis de la Tolérance.
La Défense de Puteaux.
L'Union fraternelle du IIIe arondissement.
Étoile polaire.
Les Droits de l'homme.
L'Amitié.
Les Amis des Allobroges.
L'Orphelinat maçonnique.
Les Zélés philanthropes.
L'Espérance fraternelle d'Argenteuil.
L'Enseignement mutuel.
La Concorde de Colombes.
L'Humanité de Lisieux.

COMITÉS POLITIQUES.

Groupe socialiste des Voyageurs et Représentants de commerce de France.
Union socialiste de la 1re circonscription de Saint-Quentin.
Comité républicain radical socialiste du Quartier de Plaisance.
Les Précurseurs de Clichy.
Le Réveil de la Chapelle.
Cercle républicain de solidarité sociale du VIIe arrondissement.
Comité républicain radical socialiste du IIe arrondissement.
Groupes d'Études sociales du XIIe arrondissement.
Comité républicain socialiste de Clignancourt.
L'Action, groupe républicain socialiste agennais.
Comité socialiste révolutionnaire blanquiste de Sainte-Florine.
Fédération des Cercles départementaux socialistes originaires de l'Ariège.
L'Avant-garde du 1er canton de Nantes.
L'Éclaireur du 2e canton de Nantes.
Comité républicain démocratique du Quartier de la Porte-Saint-Martin.
Les Enfants de Saint-Jean-de-Belleville (Savoie).

Comité républicain radical socialiste du Quartier du Père-Lachaise.
Comité républicain radical socialiste du Quartier de Charonne.
Cercle républicain du XIVe arrondissement.
Union républicaine socialiste de la 3e circonscription du XIe arrondissement.
Comité républicain du VIIIe arrondissement.
Cercle socialiste des Originaires de l'Yonne.
Comité républicain socialiste du Quartier de la Porte-Saint-Martin.
Cercle républicain socialiste savoisien.
Concentration républicaine socialiste du Ve arrondissement.
Comité municipal républicain socialiste du Quartier d'Amérique.
Comité républicain radical démocratique du IIIe arrondissement.
Comité républicain socialiste de Rueil.
Agglomération parisienne du Parti ouvrier français.
Groupe socialiste révolutionnaire de Cahors.
Club socialiste révolutionnaire du XIVe arrondissement.
Cercle républicain de la Drôme.
Comité d'Union socialiste des Sections de Colombes.
Comité électoral du Quartier de Bel-Air.
Union des Républicains radicaux socialistes de la 2e circonscription de Sceaux.
Comité républicain socialiste de la 1re circonscription du XIIe arrondissement.
Comité républicain socialiste des intérêts généraux du Quartier des Quinze-Vingts.
Union des comités républicains socialistes de la 2e circonscription du XIIe arrondissement.
Comité républicain socialiste indépendant du Quartier des Grandes-Carrières.
Comité républicain socialiste du Quartier des Quinze-Vingts.
La Sentinelle du XIIe arrondissement.
Groupe de concentration socialiste de Gentilly.
Comité républicain radical d'Orléans.
Comité d'Union socialiste révolutionnaire de la 1re circonscription du XVe arrondissement.
Comité républicain radical démocratique du Quartier de la Porte-Saint-Denis.
Comité républicain radical démocratique de la 2e circonscription du Xe arrondissement.
Comité républicain radical socialiste du Quartier de la Maison-Blanche.
Jeunesse socialiste révolutionnaire du XIIIe arrondissement.
Cercle républicain des Ternes et de la Plaine-Monceau.
Fédération des groupes socialistes révolutionnaires de France.
Cercle républicain du XIIe arrondissement.

Fédération des Travailleurs socialistes de France.
Cercle d'études économiques et sociales des Quartiers Picpus et Bel-Air.
Comité républicain socialiste du IVe arrondissement.
Groupe ouvrier socialiste révolutionnaire de Clignancourt.
Groupes socialistes révolutionnaires de Saint-Maur, la Varenne et Adamville.
Union républicaine de Clamart.
Comité socialiste républicain d'Issy-les-Moulineaux.
Société républicaine du VIe arrondissement.
Comité républicain démocratique radical du Quartier de l'Odéon.
Cercles d'Études sociales et d'Action politique du XXe arrondissement.
Comité républicain démocratique socialiste de la Folie-Méricourt.
Comité républicain socialiste de Boulogne et Billancourt.
Les Propagandistes de la Folie-Méricourt.
Cercles d'Études sociales et d'Action politique du Quartier d'Amérique.
Groupe républicain socialiste indépendant de la ville de Sceaux.
Groupe des Travailleurs socialistes révolutionnaires du XIIe arrondissement.
Comité républicain socialiste du Quartier de la Gare.
Groupe républicain socialiste du Quartier de la Santé.
Union républicaine socialiste de la 1re circonscription du Ve arrondissement.
Comité de concentration républicaine et des intérêts généraux du Quartier de Saint-Germain-des-Prés.
Comité de défense républicaine du XIIe arrondissement.
Parti ouvrier socialiste révolutionnaire, groupe central du XIe arrondissement.
Union républicaine socialiste du IIIe arrondissement.
Groupe d'Études sociales d'Arcueil-Cachan.
Cercle des Étudiants libres-penseurs.
Conférence Danton.
Fédération républicaine radicale socialiste.
Groupe du XIIIe arrondissement du Parti ouvrier français.
Union des Groupes socialistes et révolutionnaires du XIIIe arrondissement.
Cercle indépendant et d'Études scientifiques et sociales.
Comité républicain socialiste de Chambly (Oise).
Comité républicain radical socialiste de Montreuil-sous-Bois.
Comité républicain démocrate socialiste du Quartier Montparnasse.
Comité de l'Union des émigrants de l'arrondissement d'Aubusson.
Comité socialiste du Bel-Air.
Comité démocrate radical socialiste du Quartier de l'Arsenal.
Les Égaux de Saint-Nazaire.

Parti ouvrier socialiste révolutionnaire de Trie-Château (Oise).
Groupe d'Union socialiste révolutionnaire d'Aubervilliers.
Union des Travailleurs socialistes de Boulogne et Billancourt.
Fédération des Socialistes indépendants de France.
Comité cantonal républicain radical socialiste de Nogent-sur-Marne.
Section de Levallois du Parti ouvrier socialiste révolutionnaire.
Comité républicain de Beauvais.
Union des Républicains socialistes et révolutionnaires indépendants du XIXe arrondissement.
L'Égalité, Groupe collectiviste du Port-à-l'Anglais.
Les Socialistes de Vitry.
Comité de l'Alliance républicaine socialiste du VIe arrondissement de Lyon.
Groupe républicain radical socialiste du Quartier Saint-Lambert.
Comité républicain radical de Neuilly-sur-Seine.
Comité républicain radical socialiste de Croissy-sur-Seine.
Comité républicain socialiste du Quartier Saint-Ambroise.
Groupe socialiste et d'appui mutuel des Originaires de l'arrondissement de Gien.
Groupe socialiste révolutionnaire du VIIe arrondissement.
Alliance socialiste révolutionnaire de Seine-et-Oise.
Comité d'Action républicaine et d'Études sociales de Bagneux (Seine).
Comité républicain du Loiret.
Comité de propagation des principes de la Révolution française.
Le Pot-au-Feu, Cercle républicain de Paris.
Parti ouvrier socialiste révolutionnaire.
Comité municipal républicain, socialiste, revisionniste du Combat.
Cercle d'Études sociales du Quartier de la Maison-Blanche.
Comité socialiste révolutionnaire de Fougères.
Comité central républicain socialiste et revisionniste de Combat-Villette.
Cercle d'Études sociales du Quartier de la Goutte-d'Or.
Comité républicain socialiste du Quartier Saint-Gervais.
Comité républicain d'Union socialiste de la 2e circonscription du XIXe arrondissement.
Groupe socialiste révolutionnaire indépendant du XIIe arrondissement.
Comité radical socialiste du XVIIe arrondissement.
Cercles d'Études sociales (Batignolles et Épinettes).
Comité électoral du Quartier des Épinettes.
Groupe des Travailleurs indépendants de Croulebarbe.
Cercle d'Études sociales de la Salpêtrière.
Cercles d'Études sociales du Quartier du Combat.

Les Précurseurs égalitaires du XIIIe arrondissement.
Comité indépendant révolutionnaire blanquiste de Saint-Ouen.
Groupe du Parti ouvrier révolutionnaire de Montreuil-Vincennes.
Groupe socialiste des Originaires de Lot-et-Garonne.
Comité socialiste révolutionnaire du Bel-Air.
Union socialiste du Quartier de la Salpêtrière.
Groupe républicain socialiste des Originaires du Lot.
Groupe socialiste révolutionnaire de Maisons-Alfort.
Cercle républicain radical d'Amiane (Hérault).
Comité radical du canton de Palaiseau.
Parti ouvrier français, section d'Ivry.
Union républicaine socialiste du canton de Villejuif.
Comité socialiste de Cahors.
Parti ouvrier socialiste français, groupe du XIIIe arrondissement.
Association républicaine radicale de Rodez.
Comité d'action pour les réformes républicaines.
Comité radical socialiste du Quartier de la Villette.
Fédération socialiste Nantaise.

GROUPES DIVERS.

Vieux combattants de 1848-1851.
Pavillon syndical coopératif à l'Exposition de 1900.
Ligue des Employés de l'Octroi.
Syndicat des Employés de l'Octroi de banlieue.
Groupe corporatif des Ouvriers cambruriers.
Union de la Jeunesse républicaine.
Ligue française pour la Défense des droits de l'Homme et du Citoyen.
Ligue pour la propagation de la Libre-pensée du XIe arrondissement.
Union compagnonnique de tous les Corps et de tous les Rites du Tour de France.
L'Aveyronnaise, Société amicale et philanthropique des Originaires du département de l'Aveyron.
Conseil municipal de Vic-Dessus (Ariège).
Conseils municipaux de Saint-Pierre-de-Jards, Paudy, Neuvy, Pailloux, Saint-Florentin (Indre).
Fédération des Ouvriers mécaniciens et similaires de France.
Chambre syndicale des Cantonniers, Ouvriers et Ouvrières des Services réunis de la banlieue.

12e section de la Société *la Dotation de la Jeunesse de France.*

Syndicat général de garantie du Bâtiment et des Travaux publics.

Société de secours mutuels *la Fraternelle du Gaz.*

Société amicale de prévoyance et de solidarité des Employés des Écoles primaires, communales et maternelles de la Ville de Paris.

Société de secours mutuels des Cuisiniers de Paris.

Cercle populaire d'Enseignement laïque.

Union des Libres-Penseurs du XIVe.

Fédération syndicale des Travailleurs du Finistère.

Association amicale du Quartier de la Santé.

L'Union, Société de secours mutuels et de retraites des Chauffeurs-Conducteurs-Mécaniciens de la Seine.

Association littéraire et artistique internationale.

Société de secours mutuels des Ouvriers brossiers de la Seine.

Société d'Enseignement moderne.

Caisse de secours des Loyers du quartier des Quinze-Vingts.

Groupe amical des Peintres en bâtiment de Levallois-Perret.

Société de secours mutuels des Employés de la Distillation et du Commerce en gros des Vins et Spiritueux.

La Fraternité, Libre-Pensée des Ier et IIe arrondissements.

Syndicats des Cantonniers du département de la Seine.

Société d'encouragement aux Travailleurs de France.

Société d'appui mutuel dite des Expositions ouvrières permanentes.

L'Union phalanstérienne.

Syndicat des Ambulanciers-Sauveteurs de France.

Libre-Pensée d'Aubervilliers.

Chambre syndicale des Tabacs de Pantin.

Société de secours mutuels *les Démocrates Artésiens.*

La Raison, Groupe parisien anticlérical.

Syndicat des Ouvriers maçons de Bougival.

Société des Conducteurs du Service municipal de Paris.

Association amicale des Élèves des cours commerciaux de l'Union Nationale.

Association Philomathique.

Comité de Sotteville, en faveur de la Verrerie ouvrière.

Union française de la Jeunesse.

La République, Chantier de solidaires.

Fédération française de la Libre-Pensée.

Groupe de la Libre-Pensée de Pantin *les Pionniers de la Raison.*

Société de secours mutuels et de prévoyance dite Panotechnique n° 3.
Bibliothèque populaire de Chagny (Saône-et-Loire).
Libre-Pensée du XVIe arrondissement.
Cercle d'études sociales *l'Émancipation typographique.*
Chambre syndicale des Ouvriers cartouchiers des départements de la Seine et Seine-et-Oise.
Ligue démocratique des Écoles.
Les Solidaires, Libre-Pensée du XIIe arrondissement.
Société populaire d'encouragement à l'enseignement primaire, moral et civique.
Syndicat ouvrier de la Céramique.
Syndicat des Cantonniers des Chemins vicinaux et communaux du département de la Seine.
Libre-Pensée du XVe.
La Renaissance du XIe (Société de tir).
Union nationale Aéronautique et Colombophile de France.
Société municipale de Secours mutuels des quartiers Picpus et Quinze-Vingts.
Société de Libre-Pensée, *l'Égalitaire de Vincennes-Montreuil.*
L'Antireligieuse, Libre-Pensée de Suresnes.
Ligue de l'Intérêt public.
Société de secours mutuels de l'usine Defrene et Jaquenet.
Groupe de la libre-pensée *Lumière de la Maison-Blanche.*
Société de propagande coloniale.
Union coopérative de production des Ouvriers de l'habillement.
Société pour la Propagation des Langues étrangères.
Caisse de secours des Ouvriers en voitures de Reuilly.
Société sténographique de l'Orillon.
Syndicat des Ouvriers et Ouvrières des Manufactures d'allumettes de Pantin-Aubervilliers.
La France prévoyante.
Société de secours mutuels des Employés et Ouvriers des ateliers de la Compagnie générale des Omnibus.
La Bretagne républicaine.
Chambre syndicale des corps réunis de Lorient.
Syndicat des Tisseurs de Saint-Quentin.
Société amicale de secours mutuels des Angevins à Paris.
Les Amis de la Science, Groupe de libre-pensée des Ier, IIe, IIIe, Xe arrondissements.
Union des comités des Anciens combattants de 1870-1871, de France, d'Algérie, d'Alsace-Lorraine et des Colonies.

Comité du Drapeau, Association fraternelle des Survivants de l'armée des Vosges.
Comité central de revendication des Vétérans des armées françaises.
La Libre-Pensée de Saint-Quentin.
Société de secours mutuels des Ouvriers de l'usine à gaz de Saint-Mandé.
L'Étoile, société de secours mutuels des Garçons restaurateurs et limonadiers.
Collège libre des Sciences sociales.
Magasins centraux de la Guerre.
La Revanche, Société de préparation militaire.
Les Maçons et Aides du 1er lot du Métropolitain.
Union des Émigrants républicains de l'arrondissement d'Aubusson.
Groupement du Personnel secondaire de l'Assistance publique.
L'Émancipation, Université populaire du xve arrondissement.
Association philotechnique.
Comité des Étudiants républicains de l'Université de Paris.
Chambre syndicale des Teinturiers et Apprêteurs sur étoffes de Suresnes.
Groupe des Ouvriers peintres du xive.
Groupe orléanais de la Libre-Pensée.
Travailleurs de la Compagnie générale des Bateaux parisiens.
La Moskowa du xie.
École professionnelle de Boulangerie de Paris.
Association polytechnique.
Société amicale de secours mutuels de la Montagne-Sainte-Geneviève.
L'Union, Groupe d'embauchage mutuel d'Ouvriers peintres en bâtiments, de Neuilly-sur-Seine.

ASSOCIATIONS POST-SCOLAIRES.

Patronage laïque municipal du Kremlin-Bicêtre.
Société amicale des Élèves et Anciens élèves des cours de dessin appliqués à l'Art et à l'Industrie.
Association amicale des Anciennes élèves de l'école de filles, 27, rue de la Sourdière.
La Pâquerette, 15, rue de l'Arbre-Sec.
Patronages de Jeunes filles, 75, boulevard de Belleville.
Association des Anciennes élèves de l'école de la rue du Général-Foy, 28.
Association amicale et Patronage des Anciennes élèves de la rue Trousseau, 38.
Société amicale des Anciennes élèves de l'école de la rue Broca, 140.
Société des Patronages laïques de Jeunes filles du xiiie arrondissement.
Association amicale des Anciennes élèves de l'école de filles, 8, rue Daviel.

Association des Anciennes élèves de l'école de filles, 208, avenue de Versailles.
Patronage des Anciennes élèves de l'école de jeunes filles, 221, rue Saint-Denis.
Patronage laïque de l'Enseignement populaire et d'Éducation morale et civique, 21, rue Sambre-et-Meuse.
Association amicale et Patronage de l'école, 17, rue de Reuilly.
Association amicale des Anciennes élèves de l'école primaire, 49, rue de Charenton.
Patronage des Anciennes élèves de l'école de jeunes filles, 3, rue d'Aligre.
Association amicale des Anciennes élèves de l'école de jeunes filles, 5, impasse Jean-Bouton.
Association des Anciennes élèves de l'école de jeunes filles, 52, rue de Wattignies.
Société des Patronages laïques du XIVe arrondissement (section de jeunes, Mairie du XIVe).
Association amicale des Anciennes élèves de l'école de la rue Dombasle.
Association amicale des Anciennes élèves de l'école de la rue des Volontaires, 13.
Anciennes élèves de l'école rue Violet, 36.
Patronage des Élèves et Anciennes élèves de l'école, 12, rue Fourcroy.
Association amicale de l'école de jeunes filles, 221, boulevard Péreire.
Société des Amis de l'adolescence, 12, impasse d'Oran.
Patronage Maria Deraismes, 71, rue de l'Ouest.
Association amicale des Anciennes élèves de l'école de la rue Corbon, 5.
Association amicale des Anciens élèves de l'école de l'impasse des Bourdonnais.
Association amicale des Anciens élèves de l'école, 6, impasse des Provençaux.
Association amicale et Patronage des élèves de l'école, 77, boulevard de Belleville.
Société amicale des Anciens élèves de l'école du passage de la Bonne-Graine.
Société des Anciens élèves et élèves des Cours de dessin de la rue Titon.
Association amicale des Anciens élèves de l'école, 3, rue Morand.
Association amicale des Anciens élèves des écoles de la place Jeanne-d'Arc.
Patronage laïque de la Maison-Blanche.
Société amicale des Anciens élèves de l'école, 1, rue Corbon.
Association amicale des Anciens élèves de l'école, 53, rue Baudricourt.
Association amicale des Anciens élèves de l'école Servan, 98, avenue de la République.
Patronage laïque du quartier de la Gare.
Association amicale des Anciens élèves des écoles, 70, rue du Ranelagh.
Association amicale des Anciens élèves de l'école, 21, rue Hamelin.
Association amicale de l'École annexe d'Auteuil, 23, rue Boileau.
Association amicale des Anciens élèves de l'école, 20, rue Étienne-Marcel.
Patronage laïque du IIe arrondissement.
Anciens élèves de l'école, 3, rue de la Jussienne.

Association amicale des Anciens élèves de l'école, 44, rue des Jeûneurs.
Patronage laïque d'Apprentis du IIIe arrondissement.
Association amicale des Anciens élèves de l'école, rue Bourg-l'Abbé, 10 *bis*.
Association amicale des Anciens élèves de l'école, 3, rue Béranger.
Association amicale des Anciens élèves de l'école, 4, rue Aumaire.
Association amicale des Anciens élèves de l'école, 54, rue de Turenne.
Association amicale des Anciens élèves de l'école, 6, place des Vosges.
Société des Patronages laïques du Ve arrondissement.
Association amicale des Anciens élèves de l'école de la rue de l'Arbalète.
Patronage laïque de la Caisse des Écoles, 39 *bis*, rue de l'Arbalète.
Société scolaire de secours mutuels et de retraite des Anciens élèves de l'école, 11, rue des Fossés-Saint-Jacques.
Anciens élèves de l'école, 10, rue Rollin.
Association amicale du quartier Saint-Victor.
Patronage municipal du VIe arrondissement.
Société amicale des Anciens élèves de l'école, 12, rue Saint-Benoît.
Association amicale des Anciens élèves de l'école, 10, avenue de la Motte-Picquet.
Association amicale des Anciens élèves de l'école, 1, rue Camon.
Association amicale des Anciens élèves de l'école, 35, rue Milton.
Société amicale des Anciens élèves de l'école, 36, rue Grange-aux-Belles.
Association amicale des Anciens élèves de l'école, 5, rue d'Aligre.
Patronage du boulevard Diderot.
Association amicale des Anciens élèves de l'école, 4, rue de Pomard.
Société amicale des Élèves de l'école, 74, rue de Reuilly.
Les Amis de l'Étude.
La Jeunesse de Reuilly.
Association amicale des Anciens élèves de l'école, 8, rue Brodu.
Société amicale des Anciens élèves du cours complémentaire, 36, rue Boulard.
Société amicale des Anciens élèves de l'école, 132, rue d'Alésia.
Association amicale des Anciens élèves de l'école, 93, rue d'Alésia.
Association amicale des Anciens élèves de l'école de la rue Ducange.
Société de patronage de la Jeunesse du quartier Croulebarbe.
Société des patronages laïques du XIVe arrondissement.
Association et Patronage de l'école, 10, rue Saint-Lambert.
Association amicale des Anciens élèves de l'école de la place Dupleix.
Association des Anciens élèves de l'école, 20, rue des Fourneaux.
Patronage des Anciens élèves de l'école, 22, rue Dombasle.
Société amicale des Anciens élèves de l'école, 35, rue de l'Amiral-Roussin.

Anciens Élèves de l'école du boulevard du Montparnasse.
Société amicale d'Anciens élèves de l'école, 19, rue Blomet.
Association amicale des Maîtres et Élèves de l'école, 42, rue Fouchet.
Association amicale des Anciens élèves de l'école, 49, rue Legendre.
Société amicale des Anciens élèves de l'école, 18, rue Ampère.
Association amicale Balagny.
Patronage laïque du quartier de la Salpêtrière.
Société amicale des Anciens élèves de l'école, 1, rue Foyatier.
Anciens élèves de l'école, 1, rue Lavieuville.
Association amicale des Anciens élèves de la rue du Retrait.
Association amicale des Anciens élèves de l'école, 26, rue Henri-Chevreau.
Association amicale des Anciens élèves de l'école, 3, rue Vitruve.
Association amicale des Élèves de l'école de garçons, 15, rue Sorbier.
Les Amis de l'école laïque, 11, rue de la Plaine.
Ligue anti-alcoolique de Charonne.
Société amicale des Élèves et Anciens élèves de l'école professionnelle ouvrière de l'ameublement.
La jeunesse de Saint-Fargeau.
Les Excursionnistes du Mont-Aventin.
Association amicale des Anciens élèves de l'école, 84, rue de la Mare.
Association amicale d'Anciens élèves de l'École Estienne.
Association amicale des Anciens élèves de l'École municipale supérieure Arago.
Association amicale des Anciennes élèves de l'École municipale supérieure Sophie-Germain.
Association des Instituteurs pour l'éducation et le patronage de la Jeunesse.
Anciennes élèves de l'école, 67, rue Huyghens.
Anciens élèves de l'école, 27, rue du Pré-Saint-Gervais.
Anciens élèves de l'école, 69, rue Bolivar.
Anciens élèves de l'école, 3, rue Tandou.
Union amicale des Jeunes gens de la rue Ramponneau, 51.
Association amicale des Élèves de l'école de la rue Julien-Lacroix, 20.
Association amicale des Anciens élèves de l'école, 4, rue Fessart.
Anciens élèves de l'école de la rue Huyghens.
Anciens élèves de l'école, 29, rue de Passy.
Anciens élèves de l'école, 43, rue des Poissonniers.
Société amicale des Anciens élèves de l'école de la place du Commerce.
Patronage laïque d'Enseignement populaire et d'Éducation morale et civique, rue Saint-Maur, 200.

Association amicale des Anciens élèves de l'école, 93, rue de l'Ouest.
Patronage laïque de l'école, 4, rue Prisse-d'Avennes.
Association amicale des Anciens élèves de l'école, 119, rue Bolivar.
Patronage familial de Jeunes filles, 6, rue Rollin.
Association amicale des Anciens élèves de l'école, 315, rue de Charenton.
Association amicale des Anciens élèves de l'école, 1, rue Pihet.

Le défilé des groupes et délégations, commencé à 2 heures et quart, a duré, sans interruption, jusqu'à 7 heures et demie; mais le Président de la République, les Présidents du Sénat et de la Chambre des Députés, ainsi que les membres des bureaux du Parlement, prirent congé vers 2 heures et demie.

V

BANQUET DE L'HÔTEL DE VILLE

ET RÉCEPTION.

Le même soir, à l'Hôtel de Ville, a eu lieu, sous la présidence de M. Louis Lucipia, président du Conseil municipal, un banquet offert par la Ville de Paris aux maires des villes chefs-lieux d'arrondissement et aux représentants des Bourses du travail des départements.

M. Louis Lucipia avait à ses côtés M. de Selves, préfet de la Seine, et M. Waldeck-Rousseau, président du Conseil des Ministres. Avaient également pris place à la table d'honneur : MM. de Lanessan, Ministre de la Marine; Adrien Veber, vice-président du Conseil municipal; le docteur Piettre, président du Conseil général de la Seine; Leygues, Ministre de l'Instruction publique et des Beaux-Arts; Pierre Baudin, Ministre des Travaux publics; le docteur Flaissières, maire de Marseille; Millerand, Ministre du Commerce; Decrais, Ministre des Colonies; le maire de Bordeaux; Bellan, syndic du Conseil municipal; Besombes, représentant la Bourse du travail de Paris; le représentant de la Bourse du travail de Lyon; Henri Brisson, ancien président du Conseil des Ministres, ancien président de la Chambre des Députés; Desplas et Paul Vivien, secrétaires du Conseil municipal;

de Freycinet, ancien Président du Conseil des Ministres; le président du Conseil de préfecture de la Seine; Demagny, secrétaire général du Ministre de l'Intérieur.

La deuxième table d'honneur, placée en face de la première, était présidée par M. John Labusquière, vice-président du Conseil municipal, assisté de MM. Le Grandais et Rozier, secrétaires du Conseil municipal, et Bruman, secrétaire général de la Préfecture de la Seine.

A cette table avaient également pris place MM. les Maires de Lille, de Toulouse, de Roubaix et de Saint-Étienne.

TOAST DE M. LOUIS LUCIPIA.

M. Louis Lucipia a porté le toast suivant :

Messieurs,

C'est la fête de la République. (*Bravos.*)

Levons d'abord notre verre en l'honneur de la France républicaine.

Saluons le premier magistrat de la République. Saluons-le parce qu'il est injurié par tous ceux qui veulent détruire la République.

Félicitons les membres du Gouvernement qui, en acceptant le pouvoir contre la réaction menaçante, ont donné un exemple de courage civique. (*Très bien! Applaudissements.*)

Merci aux municipalités qui ont répondu à notre invitation. Elles nous donnent un nouveau gage de l'union qui existe entre Paris et la France entière quand il s'agit d'acclamer la République. (*Vifs applaudissements.*)

Salut fraternel à toutes les organisations de travailleurs, de libres-penseurs qui sont venues affirmer que le premier devoir est de défendre la République. (*Bravos. Applaudissements.*)

Messieurs, encore une fois à la France républicaine, de qui viendra la délivrance du genre humain! (*Applaudissements répétés.*)

TOAST DE M. DE SELVES.

M. de Selves a prononcé ensuite l'allocution suivante :

MESSIEURS,

Le 15 juin 1789, l'Assemblée nationale vient de se constituer.

L'ancienne France est désormais finie.

Partout va passer le niveau de la Révolution. Il ne restera debout que la Nation d'une part, l'individu de l'autre.

Rien de comparable ne fut jamais dans l'histoire du genre humain.

On ne vit jamais une nation entreprendre de se reconstituer ainsi au nom du droit absolu et de la raison pure et, suivant l'expression d'un historien national, l'âme d'un grand peuple se délivrer d'une enveloppe usée et se reconstituer un nouveau corps.

La République, organisme nécessaire, forme inéluctable de la société nouvelle, est proclamée à son tour.

Le monde nouveau a commencé.

Désireux de rendre hommage aux grands ancêtres de ces glorieuses périodes, désireux d'affirmer devant la France et devant le monde une foi républicaine toujours vivante et agissante, le Conseil municipal a voulu que la date de l'inauguration d'une œuvre artistique et républicaine marquât en même temps, dans notre histoire contemporaine, une imposante manifestation de foi politique et une énergique répudiation de toutes les menées factieuses. (*Bravos répétés.*)

Vous l'avez compris, Messieurs les Maires, et c'est pourquoi vous êtes venus en aussi grand nombre prendre place à nos côtés.

Merci! — Grâce à vous, la cérémonie de ce jour n'est pas seulement la manifestation de Paris, mais la puissante manifestation de la France tout entière. (*Vifs applaudissements.*)

En vous, Messieurs, je la salue cette France républicaine. Je bois à elle, qui renferme notre foi et nos espérances.

Que son drapeau aux trois couleurs abrite une justice et une fraternité de jour en jour plus triomphantes parmi les hommes! (*Applaudissements.*)

TOAST DE M. LE DOCTEUR FLAISSIÈRES.

Au nom des maires des départements, M. le docteur Flaissières, maire de Marseille, a pris la parole en ces termes :

Messieurs les Membres du Conseil municipal de Paris,
Monsieur le Président,

Vous avez bien voulu convier les municipalités de France à participer avec vous à une manifestation républicaine dont l'importance s'est élevée à la hauteur des circonstances politiques que nous traversons. (*Assentiment général.*)

Vous aviez pensé qu'il serait aisé de faire surgir autour de vous des fervents de l'idée républicaine tout dévoués à l'œuvre commune de défense.

Vous n'aviez pas trop présumé de la grande et généreuse population parisienne, et nous avons été fiers de nous trouver étroitement liés dans un même sentiment d'attachement à la République avec ces milliers de citoyens auxquels vous nous avez donné l'occasion de nous mêler.

Nous rapporterons aux populations que nous représentons quelle fut la solennité de la journée du 19 septembre; nous dirons quelle fut la gravité du pacte conclu entre les républicains de toutes les nuances réunis à cette date sur la place de la Nation!

Aux menées des factieux, aux espérances de tous les ennemis découverts ou cachés de notre Gouvernement, nous avons montré quel est notre nombre; devant eux nous avons, à notre tour, proclamé notre foi, nos espérances; contre eux nous lutterons pour la Liberté! (*Bravos.*)

Nous glorifions ainsi l'esprit de la grande Révolution qui fit de nous des hommes, mais nul de nous, Monsieur le Président, n'oubliera les belles paroles que vous prononciez il y a quelques heures et qui sont une approbation pour les uns, un encouragement, un conseil pour les autres.

Oui, Messieurs, le moyen le plus sûr de glorifier la Révolution, c'est de la continuer! La meilleure forme de l'attachement à la République, c'est de la vouloir féconde dans l'œuvre ininterrompue, rapide, de solidarité humaine, de justice, de réparation sociale!

Et combien seraient coupables, Messieurs, les républicains qui laisseraient douter de la République parce que ce gouvernement ne tiendrait pas pour les petits, les humbles, les délaissés, les promesses que son nom seul contient d'équité, d'égalité, de bien-être pour tous! (*Très bien! Bravos.*)

Nous dirons aussi à nos compatriotes que la fête du Triomphe de la République était célébrée à la fois par le peuple de Paris, par son assemblée communale et aussi par ceux-là qui constituent le Gouvernement lui-même et dont la loyauté, la foi républicaine profonde sont pour notre avenir politique la plus sûre des garanties.

Le parti républicain a foi en vous pour la forme du gouvernement, Monsieur le Président du Conseil des Ministres, Messieurs les Ministres; mais, s'il m'est permis très respectueusement de m'adresser à vous au nom de la population que je représente, il est des républicains qui attendent encore autre chose de vous, de votre haute raison, de votre courage civique : ils souhaitent de mêler votre nom avec le souvenir des premières et profondes réformes sociales! (*Applaudissements.*)

Mes chers collègues des départements, je n'irai pas plus loin sur ce sujet. Je viens, du reste, de parler en mon nom personnel. Chacun de nous conserve le droit strict d'apprécier, comme sa conscience le lui dicte, ces choses politiques; mais il est un terrain sur lequel nous nous rencontrons tous dans un sentiment unanime, et je suis bien sûr d'être ici l'écho fidèle de chacun en remerciant MM. les Membres du Conseil municipal et leur éminent président, M. Louis Lucipia, de l'hospitalité si cordiale et si magnifique qu'ils ont bien voulu nous donner. Je sais aussi que je serai l'interprète confirmé de toutes les populations que nous représentons en glorifiant Paris, la grande ville, en adressant à son peuple si grand, si fort et si doux, l'expression d'une ardente sympathie.

Vive Paris! Messieurs, vive la République! (*Applaudissements. — Cris de : Vive Paris! Vive la République!*)

TOAST DE M. WALDECK-ROUSSEAU.

M. Waldeck-Rousseau a répondu par le toast suivant :

Le 22 septembre 1892, au Panthéon, un de ces républicains dont l'âme haute et la foi robuste s'étaient affermies dans la proscription, développait, avec la magie d'une admirable parole, cette vérité que la République, événement presque inattendu en apparence au lendemain de la Révolution, n'était cependant qu'une manifestation visible de l'éternelle force des choses.

« Tous les gouvernements qui se sont succédé, qu'ils fussent fondés sur le génie d'un grand homme, ou entourés des prestiges du passé, ou distingués par le nombre et la variété des talents, ont été convaincus l'un après l'autre d'être des utopies éphémères. Viciés dans leur origine et rongés dès le premier jour par quelque contradiction intime qui était un germe de mort, quelques-uns se sont abîmés bientôt dans le gouffre qu'ils avaient eux-mêmes ouvert; les autres ont été emportés en peu d'instants, après une existence inquiète, par quelque incident en apparence futile, à l'étonnement de ceux qui les avaient fondés et qui la veille encore les soutenaient avec orgueil. Ils sont tombés, et la République a reparu, non pas comme une crise intermittente, comme un expédient d'un jour, comme un abri fragile et précieux pendant la durée d'un orage, mais comme le destin de la France. » (*Très bien! Applaudissements.*)

C'est à ces mots que je veux m'arrêter pour motiver le toast que je vous proposerai de porter.

A un moment où le plus audacieux abus des mots tend à l'esprit public des pièges si habiles, nous devons aimer à nous souvenir de tout ce que l'esprit de la Révolution a fait pour la grandeur du pays. (*Applaudissements.*)

Un principe qui, d'une nation affaiblie par l'imprévoyance et l'impéritie des cinquante dernières années de la monarchie, fait tout à coup un peuple capable de tenir tête à l'Europe coalisée peut braver les déclamations furibondes dont les partisans d'un passé à jamais condamné n'ont pas cessé de l'assaillir. (*Longs applaudissements.*)

Une idée assez forte et assez féconde pour faire surgir, en pleine tourmente, le programme de toutes les grandes réformes philosophiques, politiques et sociales que le siècle qui va finir s'est efforcé de réaliser, et dont il lègue au siècle prochain le soin d'achever le plein développement, est bien, comme le disait l'orateur que j'ai cité, une idée préexistante, immanente et éternelle.

C'est dans un sentiment de profonde reconnaissance pour l'œuvre accomplie par nos pères, c'est avec une inébranlable confiance dans l'œuvre de l'avenir que je porte un toast à la France moderne, à ses destinées, à l'accomplissement par la République de sa tâche dans l'histoire et dans l'humanité, au triomphe des principes de la Révolution. (*Applaudissements prolongés. — Cris répétés de : Vive la République!*)

Les invités de la Municipalité passent ensuite dans les salons voisins où le café leur est servi, pendant qu'on transforme en salle de concert le salon où ils viennent de dîner.

Le banquet a été suivi d'une brillante réception comprenant un concert et un bal.

Nous donnons ci-après le programme du concert qui a eu lieu dans la grande salle des Fêtes.

INAUGURATION DU MONUMENT

DU

TRIOMPHE DE LA RÉPUBLIQUE.

CONCERT

DONNÉ PAR LA MUNICIPALITÉ DE PARIS

À L'HÔTEL DE VILLE,

Sous la direction de M. G. PARÈS, chef de musique de la Garde Républicaine.

LE 19 NOVEMBRE 1899.

PROGRAMME.

PREMIÈRE PARTIE.

1. *Marche Troyenne* .... H. BERLIOZ.
   Musique de la Garde Républicaine.
2. *Chant du 14 Juillet* .... GOSSEC.
   Chœur et Orchestre.
3. *Le Pas d'armes du Roi Jean* .... SAINT-SAËNS.
   M. CHAMBON, de l'Opéra.
4. *Duo de la Muette de Portici* .... AUBER.
   MM. AFFRE, NOTÉ, de l'Opéra, Chœur et Orchestre.

DEUXIÈME PARTIE.

5. *Ouverture de Robespierre* .... LITTOLF.
   Musique de la Garde Républicaine.
6. *Le Chant du Banquet Républicain* .... CATEL.
   M. NOTÉ.
7. *Hymne à Victor Hugo* .... SAINT-SAËNS.
   Musique de la Garde Républicaine.
8. *Guillaume Tell* (Trio et finale du 2e acte) .... ROSSINI.
   MM. AFFRE, NOTÉ, CHAMBON, Chœur et Orchestre.

LISTE DE MM. LES MEMBRES

DU

CONSEIL MUNICIPAL DE PARIS

PAR ORDRE D'ARRONDISSEMENTS ET DE QUARTIERS.

Ier ARRONDISSEMENT.

QUARTIER SAINT-GERMAIN-L'AUXERROIS.

MM. Edmond Gibert, ancien négociant, quai de la Mégisserie, 8.

QUARTIER DES HALLES.

Alfred Lamouroux, docteur en médecine, rue de Rivoli, 150.

QUARTIER DU PALAIS-ROYAL.

Levée, négociant, rue de Rivoli, 76.

QUARTIER DE LA PLACE-VENDÔME.

Despatys, ancien magistrat, place Vendôme, 22.

IIe ARRONDISSEMENT.

QUARTIER GAILLON.

M. Blachette, représentant de commerce, rue Saint-Augustin, 33.

QUARTIER VIVIENNE.

MM. Caron, avocat, ancien agréé, rue Saint-Lazare, 80.

QUARTIER DU MAIL.

Léopold Bellan, négociant, rue des Jeûneurs, 30.

QUARTIER BONNE-NOUVELLE.

Rebeillard, joaillier-sertisseur, rue Greneta, 54.

IIIe ARRONDISSEMENT.

QUARTIER DES ARTS-ET-MÉTIERS.

MM. Blondel, avocat, boulevard Beaumarchais, 93.

QUARTIER DES ENFANTS-ROUGES.

Louis Lucipia, publiciste, rue Béranger, 15.

QUARTIER DES ARCHIVES.

L. Achille, négociant, rue du Temple, 178.

QUARTIER SAINT-AVOYE.

Brenot, industriel, rue du Temple, 117.

IVe ARRONDISSEMENT.

QUARTIER SAINT-MERRI.

M. Opportun, ancien commerçant, rue des Archives, 13.

QUARTIER SAINT-GERVAIS.

MM. Piperaud, ancien chef d'institution, rue du Roi-de-Sicile, 10.

QUARTIER DE L'ARSENAL.

Vaudet, homme de lettres, 14 *bis*, boulevard Morland.

QUARTIER NOTRE-DAME.

Ruel, propriétaire, rue de Rivoli, 54.

Ve ARRONDISSEMENT.

QUARTIER SAINT-VICTOR.

MM. Sauton, architecte, rue Soufflot, 24.

QUARTIER DU JARDIN-DES-PLANTES

Desplas, avocat, 34, rue de l'Arbalète.

QUARTIER DU VAL-DE-GRÂCE.

Lampué, propriétaire, boulevard du Port-Royal, 72.

QUARTIER DE LA SORBONNE.

André Lefèvre, chimiste, rue de l'École-Polytechnique, 14.

VIe ARRONDISSEMENT.

QUARTIER DE LA MONNAIE.

M. Paul Bernier, avocat, rue de Seine, 53.

QUARTIER DE L'ODÉON.

MM. Alpy, docteur en droit, avocat à la Cour d'appel, rue Bonaparte, 68.

QUARTIER NOTRE-DAME-DES-CHAMPS.

Deville, avocat à la Cour d'appel, rue du Regard, 12.

QUARTIER SAINT-GERMAIN-DES-PRÉS.

Paul Vivien, avocat, rue de Vaugirard, 16.

VIIe ARRONDISSEMENT.

QUARTIER SAINT-THOMAS-D'AQUIN.

MM. Ambroise Rendu, docteur en droit, avocat à la Cour d'appel, rue de Lille, 36.

QUARTIER DES INVALIDES.

Roger Lambelin, publiciste, rue Saint-Dominique, 30.

QUARTIER DE L'ÉCOLE-MILITAIRE.

Adrien Mithouard, homme de lettres, place Saint-François-Xavier, 10.

QUARTIER DU GROS-CAILLOU.

Arsène Lopin, publiciste, quai d'Orsay, 105.

VIIIe ARRONDISSEMENT.

QUARTIER DES CHAMPS-ÉLYSÉES.

M. Quentin-Bauchart, avocat et homme de lettres, rue François-Ier, 31.

QUARTIER DU FAUBOURG-DU-ROULE.

MM. Chassaigne-Goyon, docteur en droit, avocat, rue de La Boétie, 110.

QUARTIER DE LA MADELEINE.

Froment-Meurice, orfèvre, rue d'Anjou, 46.

QUARTIER DE L'EUROPE.

Louis Mill, avocat, rue de Monceau, 83.

IXE ARRONDISSEMENT.

QUARTIER SAINT-GEORGES.

MM. Paul Escudier, avocat à la Cour d'appel, rue Moncey, 20.

QUARTIER DE LA CHAUSSÉE-D'ANTIN.

Max Vincent, avocat à la Cour d'appel, rue de la Victoire, 58.

QUARTIER DU FAUBOURG MONTMARTRE.

Cornet, ancien négociant, rue de Trévise, 6.

QUARTIER ROCHECHOUART.

Félicien Paris, avocat, rue Baudin, 31.

X^{E} ARRONDISSEMENT.

QUARTIER SAINT-VINCENT-DE-PAUL.

M. Georges Villain, publiciste, rue de Maubeuge, 81.

QUARTIER DE LA PORTE-SAINT-DENIS.

MM. Hattat, négociant, rue de l'Aqueduc, 21.

QUARTIER DE LA PORTE-SAINT-MARTIN.

N.

QUARTIER DE L'HÔPITAL-SAINT-LOUIS.

Faillet, comptable, boulevard de la Villette, 19.

XIe ARRONDISSEMENT.

QUARTIER DE LA FOLIE-MÉRICOURT.

MM. Parisse, ingénieur des arts et manufactures, rue Fontaine-au-Roi, 49.

QUARTIER SAINT-AMBROISE.

Gelez, employé, rue du Chemin-Vert, 99.

QUARTIER DE LA ROQUETTE.

Fourest, médecin-vétérinaire, avenue Parmentier, 6.

QUARTIER SAINTE-MARGUERITE.

Chausse, ébéniste, avenue Philippe-Auguste, 64.

XIIe ARRONDISSEMENT.

QUARTIER DU BEL-AIR.

M. Marsoulan, fabricant de papiers peints, rue de Paris, 90 (Charenton).

QUARTIER DE PICPUS.

MM. John Labusquière, publiciste, rue de Rivoli, 4.

QUARTIER DE BERCY.

Colly, imprimeur, rue Baulant, 11.

QUARTIER DES QUINZE-VINGTS.

Pierre Morel, employé, rue de Charenton, 152.

XIIIe ARRONDISSEMENT.

QUARTIER DE LA SALPÊTRIÈRE.

MM. Mossot, négociant en vins, rue Lebrun, 11.

QUARTIER DE LA GARE.

Navarre, docteur en médecine, avenue des Gobelins, 30.

QUARTIER DE LA MAISON-BLANCHE.

Henri Rousselle, commissionnaire en vins, rue Humboldt, 25.

QUARTIER CROULEBARBE.

Alfred Moreau, corroyeur, boulevard Arago, 38.

XIVe ARRONDISSEMENT.

QUARTIER DU MONTPARNASSE.

M. Ranson, représentant de commerce, rue Froidevaux, 6.

QUARTIER DE LA SANTÉ.

MM. Henaffe, graveur, rue de la Tombe-Issoire, 36.

QUARTIER DU PETIT-MONTROUGE.

Champoudry, géomètre, rue Sarette, 25.

QUARTIER DE PLAISANCE.

Pannelier, photographe, avenue du Maine, 76.

XVe ARRONDISSEMENT.

QUARTIER SAINT-LAMBERT.

MM. Chérioux, entrepreneur de maçonnerie, rue de l'Abbé-Groult, 107.

QUARTIER NECKER.

Chautard, docteur ès sciences, rue Olivier-de-Serres, 47.

QUARTIER DE GRENELLE.

Ernest Moreau, forgeron, rue du Théâtre, 150.

QUARTIER DE JAVEL.

Daniel, modeleur-mécanicien, rue Saint-Charles, 143.

XVIe ARRONDISSEMENT.

QUARTIER D'AUTEUIL.

M. Le Breton, ingénieur, rue Chardon-Lagache, 47.

QUARTIER DE LA MUETTE.

MM. Caplain, chaussée de la Muette, 6.

QUARTIER DE LA PORTE-DAUPHINE.

Gay, publiciste, rue de la Faisanderie, 26.

QUARTIER DE CHAILLOT.

Fortin, ancien négociant, rue de l'Université, 107.

XVIIE ARRONDISSEMENT.

QUARTIER DES TERNES.

MM. Paul Viguier, publiciste, avenue Carnot, 9.

QUARTIER DE LA PLAINE-MONCEAU.

Émile Beurdeley, ingénieur des arts.

QUARTIER DES BATIGNOLLES.

Clairin, avocat à la Cour d'appel, rue de Rome, 133.

QUARTIER DES ÉPINETTES.

Paul Brousse, docteur en médecine, avenue de Clichy, 81.

XVIIIE ARRONDISSEMENT.

QUARTIER DES GRANDES-CARRIÈRES.

M. Adrien Veber, avocat à la Cour d'appel, rue Lepic, 53.

QUARTIER DE CLIGNANCOURT.

MM. Le Grandais, publiciste, rue Ordener, 135 *bis*.

QUARTIER DE LA GOUTTE-D'OR.

Breuillé, correcteur d'imprimerie, rue Stephenson, 45.

QUARTIER DE LA CHAPELLE.

Blondeau, charron, rue de la Chapelle, 112.

XIXe ARRONDISSEMENT.

QUARTIER DE LA VILLETTE.

MM. Vorbe, fondeur, rue Armand-Carrel, 1.

QUARTIER DU PONT-DE-FLANDRE.

Brard, employé, rue de l'Ourcq, 58.

QUARTIER D'AMÉRIQUE.

Arthur Rozier, employé, rue des Fêtes, 36.

QUARTIER DU COMBAT.

Grébauval, homme de lettres, rue de la Villette, 47.

XXe ARRONDISSEMENT.

QUARTIER DE BELLEVILLE.

M. Berthaut, facteur de pianos, rue des Couronnes, 122.

QUARTIER SAINT-FARGEAU.

MM. Archain, correcteur typographe, rue Pelleport, 165.

QUARTIER DU PÈRE-LACHAISE.

Landrin, ciseleur, avenue Gambetta, 121.

QUARTIER DE CHARONNE.

Patenne, graveur, rue des Pyrénées, 89.

www.ingramcontent.com/pod-product-compliance
Ingram Content Group UK Ltd.
Pitfield, Milton Keynes, MK11 3LW, UK
UKHW012053240726
13965UKWH00003B/1254